들꽃 수업

일러두기

1. 이 책에 수록한 모든 그림과 사진은 지은이가 직접 그리고 찍은 것입니다.
2. 이 책에 인용하거나 재수록한 문학 작품들은 원작의 표기법을 그대로 따라 표기했습니다.
3. 이 책에 수록한 저작물 중 재수록 허가를 받기 위해 권리자를 찾으려 상당한 노력을 기울였음에도 당사자 또는 그의 거소를 찾지 못한 경우가 있습니다. 이후 해당 권리자를 확인하게 되면 곧바로 재수록 허가 협의에 성심껏 임할 것임을 밝힙니다.

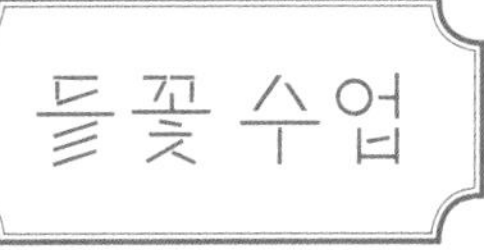

심재신 꽃에세이

창비

차례

4부 동산에 서서 일깨우는 감각

5부 나를 다스리는 아름다움

머리말

들꽃은 나에게 많은 깨달음을 주는 산책길의 동행자다. 아파트 단지와 주변 동네, 그리고 바다와 숲이 접한 부산의 명소 이기대를 거닐며 다양한 들꽃들과 만나 왔다. 조화와 균형을 이룬 그들의 모습을 바라보고 있으면 아름다움에 대한 다양한 영감을 얻는다. 이기대 해안가의 바위 벼랑을 붙잡고 피어난 해국이나 인동덩굴, 돌가시나무의 꽃들에게는 그 질긴 생명력에 경이로움을 느끼기도 한다.

오랫동안 학교에서 교사로 일해 왔다. 주로 재직한 데레사여고와 성모여고는 20여 년의 시간을 보낸 내 노동 현장이다. 삭막한 도심에 자리한 데레사여고에서든, 좋은 자연을 곁에 둔 성모여고에서든, 교정에서 자라는 다양한 식물들 또한 나를 벼리게 하는 좋은 동행자들이다. 척박한 환경에서나 풍요로운 숲에서나, 눈에 띄지 않는 곳에서나 잘 띄는 곳에서나 늘 자신의 고유한 모습을 지키는 식물들과 교감하며 그들의 품성과 아름다움을 배운다.

늘 새로운 세대와 소통해야 하는 나로서는 끊임없이 나를 성찰하고, 그들의 언어를 이해하며, 서로 배려하는 삶을 살아야 한다. 자신을 내세우지 않으면서도 저마다의 매력을 지키고 다양한 식물과 공존하는 들꽃들을 보며 공존과 공감의 지혜를 배운다. 우리 아이들도 각자의 매력을 온 세상에 발산할 때를 기다리며 나날이 성장해 가고 있으리라.

이런 연유로 이 책 제목을 '들꽃 수업'이라 붙였다. '수업'은 다양한 뜻을 내포한 단어다. 남을 가르치는 수업(授業)이 있고, 가르침을 받는 수업(受業)이 있다. 학생들과 생활하며 그들을 가르치기도 하지만 또 많이 배우기도 한다. 함께 배우고 함께 성장하는 상호 작용이 곧 수업인 셈이다. 자연으로부터는 일방적인 배움이라 할 수업(受業)을 받아 왔다.

한편 자신의 일이나 공부를 위해 스스로 갈고닦는 것 또한 수업(修業)이라 할 수 있다. 이렇듯 수업의 의미를 확장하면 결국 인생은 곧 수업이 된다.

문학으로부터도 많은 배움을 얻는다. 꽃을 소재로 한 다양한 시 작품을 읽어 왔는데, 그 작품들과 내 생각이 만나 공감대를 폭넓게 이루기도 하고, 내가 인식하지 못했던 많은 것을 깨닫게 되기도 한다. 구석 자리에 핀 민들레의 모습을 환한 '웃음'으로 연결하여 아무리 힘들어도 웃으며 살아가는 서민의 모습을 밝게 그린 「밝은 구석」이나, 사라져 가는 우리 전통에 대한 아쉬움을 노래한 「창포」 같은 문인수 시인의 시들은 내게 큰 울림을 준다.

시와 글과 그림이 만나 전혀 다른 한 폭의 그림을 이루어 내듯 들꽃들을 여러 방식으로 다루어 왔다. 이들 소재와 방법도 나와 오래 함께한 친구들이라 할 수 있다. 산책 중에 만난 꽃들, 그 꽃을 소재로 쓴 시들, 대상의 개성과 구조적 특성을 폭넓게 이해하고자 시도했던 그림들, 그리고 생각의 편린들을 하나로 모아 보고자 썼던 글들. 시서화(詩書畵)를 통합하는 활동을 하면서 대상을 단순히 바라만 보았다면 결코 얻을 수 없었을 많은 것을 얻을 수 있었고, 자연과 나를 다각도로 연결하는 작업을 통해 더 성숙한 사람이 되고자 노력할 수 있었다.

본문에 나오는 그림 중 몇 컷은 나무 판에 그린 것이다. 그 나무 판은 학생들이 쓰던 낡은 사물함을 폐기하는 과정에서 나온 것으로, 선배 교사분의 노력으로 화폭으로 재탄생되었다. 다듬어진 나무 판에 꽃을 그려 넣으며 무심히 지나가는 계절을 붙잡아 둘 수 있었다. 이 책도 그 나무 판들처럼 우리 주변의 풀꽃들을 새롭게 인식하도록 돕는 마중물이 되었으면 한다. 그래서 그들을 알아보고 관심 있게 들여다보는, 그러다 반려묘, 반려견을 곁에 두듯 자신만의 반려초(伴侶草) 또는 반려목(伴侶木)을 두고 산책길의 동행자로 삼는 분이 많아지면 좋겠다.

이 책의 출간을 위해 애써 주신 창비교육 가족들에게 감사의 인사를 전한다.

목련 피어나는 성모 교정에서

심재신

1부

유년의 심층을 채운 꽃밭

#유년 #고향 #내면_아이 #자연의_선물

초대하는 말

바다를 보며 살아가는 나는 여전히 이방인이다. 산책 중에 쉬면서 바다를 바라보고 있노라면 그리움의 대상들이 다양하게 떠오르기 시작한다. 유쾌한 사람들과 함께했던 즐거운 시간들, 사랑하는 가족과 친지들, 소중한 지인들. 겨우내 쌓인 눈 밭에서 꿩을 쫓고, 추수가 끝난 논에서 썰매를 타던 고향의 모습들. 날이 맑아서 대마도(쓰시마섬)가 수평선 너머로 선명하게 떠오를 때는 그 섬조차 가닿기 어려운 그리움의 대상이 되어 훌쩍 가고 싶어지기도 한다. 산과 들을 끼고 살았던 나에게 바다는 이렇듯 그리운 것들을 불러내고, 그리움은 일상이 정지한 순간에 찾아온다.

봄에 이기대를 오르다 보면 이기대성당을 지나 나오는 산 쪽에서 환한 조팝꽃 무리가 나를 반긴다. 어린 시절 이름을 몰랐을 때부터 눈에 각인된 그 꽃을 보면 고향의 들길이 떠오른다. 친가에서 외가를 가거나 소를 먹이러 산길을 갈 때 봄 한철 보았던 조팝꽃의 하얀 행렬이 옅은 수채화처럼 눈앞에 펼쳐진다. 이렇듯 시간은 단순히 지나가고 마는 것이 아니라 과거부터 현재까지를 보이지 않는 끈으로 엮어 지금의 나에게 이어 놓는다. 나에게 정서적 안정감이 조금이라도 있다면 척박했지만 정겨웠던 고향의 자연이 준 선물이라고 생각한다.

찔레꽃도 마찬가지다. 오륜대순교자성지를 지나 회동수원지가 멀리 보이는 윤산에 오르다 보면 정상 못 미쳐에 찔레꽃 덤불이 군락을 이루고 있다. 평소에는 잘 안 그러다가 찔레꽃이 피는 5월이 되면 내 감각의 스위치가 켜진다. 찔레의 하얀 꽃잎과 자주색이 감도는 여린 순은 유년의 기억 속으로 나를 이끈다. 흑백 사진처럼 남아 있는 그 시절에 대한 기억에 그나마 화사한 밝은 빛으로 남아 있는 찔레꽃의 색감은 다른 어떤 꽃으로도 대체할 수 없는 유년의 색채다.

정말 배가 고파서 그랬는지 기억도 희미하지만 사촌 누나가 꺾어 준 찔레 순의 풋내 섞인 달짝한 맛이 아직도 내 미각에 남아 있다.

내가 다니는 직장은 환경이 좋아 봄이면 터널 모양의 장미 정원에서 자라는 다양한 장미들을 만날 수 있다. 그 사이사이에서, 여기서 한 포기 저기서 한 포기 옮겨 심었거나 삽목해 놓았던 찔레들이 꽃을 피운다. 동의대학 담장을 넘어온 찔레들도 볼 수 있다. 야생의 장미라는 별명답게 하얀 꽃잎과 꽃술이 내보이는 소박한 아름다움을 미소 지으며 바라본다. 내가 만약 온갖 꽃들이 피어나는 정원이 있는 집에서 자랐다면 이런 느낌을 받을 수 있을까? 척박한 자연과 어린 시절의 결핍, 정서적 허기가 지금의 건강한 나를 만들었다고 생각한다.

그러고 보니 내가 눈에 잘 띄지도 않는 들꽃들과 주변의 자연을 끝없이 관찰하고 사색하는 까닭은 어린 시절 함께했던 것들에 대한 그리움이 있어서인 듯하다. 그때는 이름도 몰랐던 꽃마리, 광대나물, 별꽃, 개별꽃, 토끼풀, 애기똥풀, 민들레, 엉겅퀴, 망초, 개망초, 산국, 감국, 구절초, 쑥부쟁이 같은 흔하디흔한 풀꽃들의 고운 이름을 가만히 불러 본다. 이들과 더불어 진달래, 철쭉, 복숭아꽃, 배꽃, 찔레꽃, 감꽃, 아까시나무 꽃 등 나무에서 피어나는 꽃들도 지금의 나를 있게 한 좋은 벗들이었다. 이들과 함께하는 즐거운 시간들은 앞으로도 계속 이어질 것이다.

내 무채색 길을 지켜 준 조팝꽃

◦ 분류: 장미과의 낙엽 관목
◦ 꽃말: 매력, 헛수고, 하찮은 일

#조팝꽃 #찔레꽃 #유년_시절 #추억 #상처 #글쓰기
#내면_아이 #치유

부경대 대연 캠퍼스 기숙사 옆으로 난 길을 따라가다 보면 조팝나무가 봄바람에 눈이 부시게 살랑거린다. 때마침 햇살도 좋아 담장을 허물고 길을 따라 숲을 만든 부경대가 한층 정겹다. 조팝나무 꽃은 온통 하얗다. 하지만 수술 부분은 자세히 보면 노란색이다. 마치 흰 쌀밥에 노란 좁쌀을 섞어 놓은 듯한 모습이다.

조팝꽃은 어린 시절에 찔레꽃과 함께 들길에서 흔히 만났던 꽃이다. 기억의 왜곡 때문인지 어린 시절에 대한 기억에는 유난히 무채색이 많다. 그 시절에도 계절은 있어서 화려하게 꽃도 피고 단풍도 들었을 텐데 그런 것들은 별로 안 떠오르고, 들판을 태우는 연기나 벼 그루터기를 하얗게 덮은 서리 같은 것들이 떠오른다. 겨울은 춥고 길었다. 꽁꽁 언 손을 비비며 팽이를 돌리고 자치기를 하고 썰매를 탔다. 긴 겨울이 그렇게 지나고 들판 어디쯤, 둑길 어디쯤에서 하얗게 피어났던 꽃들이 내 유년 시절에 대한 무채색 기억들을 그나마 환하게 밝힌다.

지금도 그렇지만 나는 친가나 외가의 사촌들이 좋았다. 외가에는 외사촌 여동생들이 많아서 남자 형제만 있는 우리 집과는 분위기가 꽤 달랐다. 그곳에 가면 끝없이 떠들어 대는 여자 형제들의 목소리가 꾀꼬리 소리나 노랫소리처럼 듣기 좋았다. 그렇게 얘기만 나누며 놀아도 재밌다는 것이 신기했다.

집 밖에서는 자치기, 말뚝박기, 땅따먹기, 공차기, 총싸움, 칼싸움 등을 비롯한 각종 민속놀이, 안에서는 씨름 등 온갖 전투적인 놀이로 하루를 보냈다. 그때 했던 개울 건너뛰기, 절벽에서 물로 다이빙하기, 높은 나무에서 뛰어내리기 같은 놀이는 지금 생각하면 특전사에나 가야 해 보는 경험일 듯하다.

고향인 경남 함양에서 부산으로 이사 와 중학교에 올라갔을 때 친구들 대부분이 시험 기간이 되면 공부를 한다고 밖에 나가 놀지를 않았다. 처음엔 그

것이 너무 이상했다. 하지만 시간이 좀 지나고 나니 내가 이상한 아이라는 것을 알게 되었다. 학생은 공부를 해야 하며, 특히 시험 기간에는 더 열심히 해야 한다는 것을 그때 알았다. 그렇다고 공부를 열심히 하지는 않았지만, 영어를 너무 몰라 중 3 때 세련된 멋쟁이셨던 노영민 선생님이 가르쳐 주신 대로 동사 3단 변화부터 차근차근 공부하기 시작했다. 그렇게 해서 영어는 어느 정도 따라잡았지만 수학은 영원히 해결하지 못했다. 그래서 이 세상에는 수학을 잘하는 사람과 못하는 사람이 있다는 것을 그때 깨달았다.

당시 우리 큰집이 경남 함양에 있었는데, 서부 경남 끝자락인 거창, 함양 쪽은 오지에 가까워 부산에서 버스로 6~7시간 정도 걸렸다. 오가는 길 곳곳에 비포장도로도 있고 아득한 벼랑길도 있었다. 명절 때는 버스가 콩나물시루처럼 돼서 그 먼 길을 오가곤 했고, 한 번쯤은 타이어가 펑크 나서 교체를 한 적도 있다. EBS의 「세계 테마 기행」 같은 방송에 나오는, 동남아나 중국, 중남미 등에서 오지를 찾아가는 여정과 비슷했다.

길을 걷게 해 준 환한 꽃빛의 힘

한번은 할아버지가 돌아가셔서 큰집에 갔다. 초상을 치르는 내내 무료함이 이어졌다. 어린 나는 아는 사람도 별로 없고 어른들은 모두 바빴다. 어머니나 큰어머니를 비롯한 여자 친지분들은 주로 음식을 만들었고, 남자 친지분들은 돼지 같은 짐승을 잡거나 떡을 만들거나 술을 마셨다. 동네 아재들이 일을 많이 거들었던 것 같고, 외부에서 온 손님들은 대낮부터 차양이 쳐진 마당이나 마루, 방 안에서 이야기와 술에 취해 있었다. 오랜만에 만난 친척이나 친구들 간의 이야기로 술자리는 밤이 깊도록 끝나지 않았다.

죽음이라는 개념도 잘 모르고 놀아 주는 이도 없던 나는 걸어서 외가에 갔다. 친가와 외가는 그리 멀지 않은 이웃 마을에 있었다. 그래도 어린아이 걸음으로는 꽤 오래 가야 하는 10리 가까운 길이었는데 타박타박 걸었다. 그러면서 나무들에게 말도 건네고 들판의 보리와 시냇물에게 인사도 해 가며 나를 아는 척하고 놀아 줄 사촌들이 있는 외가를 찾아갔다. 그때 길가에 환하게 피어 있던 흰 꽃들이 조팝꽃이나 찔레꽃이었던 것 같다. 어린 철학자의 실존적 고독을 달래던 그 환한 빛은 길을 걷게 하는 힘이었고 나를 이끄는 인도자였다. 그날에 대한 기억에 왜곡이 얼마나 있는지 잘 모르겠지만, 그렇게 그리운 기억은 그리운 대로 남겨 두는 것도 좋으리라.

외가에서 한참 놀다가 다시 들길을 따라 돌아갈 때에 대한 기억은 올 때와는 다른 구체적 이미지들로 떠오른다. 마을을 내려와 굽잇길을 돌면 도랑물이 돌돌돌 흘러가는 개울이 있고, '달냉이'라 불리던 달래가 가득 자라는, 외할머니 무덤 자리인 낮은 언덕이 있었다. 이어서 새재 마을로 이어지는 갈림길을 지나면 큰 저수지가 나오고, 작은 다리를 지나면 완만한 경사를 따라 폭이 제법 넓은 길이 나왔다. 주변에 다랑논들이 펼쳐지고, 계곡 건너편 산에서는 가끔씩 뻐꾸기가 울었다. 무덤 몇 개를 지나고 외따로 떨어진 집 한 채와 다복솔 우거진 작은 공터가 보이면 큰집에 거의 다 온 것이었다.

이삼일을 그렇게 왔다 갔다 하니 어른들이 야단을 쳤다. 그때 나는 어린 마음에 큰 상처를 입었다. 지금 생각하면 어른들 상황을 이해 못 할 것도 없지만, 낯선 곳에서 그저 주변을 배회하거나 방황하며 시간을 보내야 했던, 아무도 신경 써 주지 않는 어린아이에게는 선택의 폭이 좁았다. 이 일 말고도 몇 건의 일로 입은 내상이 지금까지 남아서 내 가슴 한쪽을 지긋이 누른다. 어린 날의 다양한 상처는 우울한 아이를 만든다. 한국 전쟁기 같은 험한 시절을 보낸 그때의 어른들도 많은 상처를 지니고 살았을 것이다.

글쓰기에는 치유 기능이 있다고 한다. 자신의 '내면 아이'(inner child)를 불러내 어린 시절의 상처를 쓰다듬고 위로하며 치유한다고 한다. 이 글을 쓰고 있는 지금 수영구도서관의 어둠 내린 창밖으로 나의 내면 아이가 떠오른다. 어른거리는 눈빛의 그 아이가 다정한 표정으로 나를 마주 바라본다.

"괜찮아, 다 괜찮아. 이렇게 멋지게 성장했잖아."라고 나를 달랜다.

무채색 들길을 홀로 걷던 꼬마 아이 옆을 환하게 지켜 준 하얀 꽃들이 새삼 그립다.

수리부엉이의 세컨드 하우스, 돌배나무

◦ 분류: 장미과의 낙엽 소교목
◦ 꽃말: 위로, 위안, 온화한 애정

#돌배나무 #배꽃 #수리부엉이 #봄밤 #화장실
#신경전 #달콤한_배

하얀색 불투명 물감 같은 배꽃은 단아하고 고고하다. 오늘날엔 봄바람 휘날리면 날리는 것이 벚꽃이지만 옛날에는 그렇지 않았나 보다. 이조년의 시조 「이화(梨花)에 월백(月白)ᄒᆞ고」를 보면 배꽃 비가 내릴 듯하다.

이화(梨花)에 월백(月白)ᄒᆞ고 은한(銀漢)이 삼경(三更)인제
일지춘심(一枝春心)을 자규(子規)야 알냐마는
다정(多情)도 병(病)인양ᄒᆞ여 좀못 드러 ᄒᆞ노라.

— 이조년, 「이화(梨花)에 월백(月白)ᄒᆞ고」
(심재완 엮음, 『정본 시조대전』, 일조각, 1984, 615쪽)

풀이

배꽃에 달빛 하얗게 비치고 은하수가 자정 무렵 빛날 때
나뭇가지 하나에 어린 봄의 마음을 소쩍새야 알랴마는
다정도 병인 듯하여 잠 못 들어 하노라.

배꽃 위로 하얀 달빛이 비치고 자정 무렵 밤하늘에는 은하수가 빛난다. 숲에서는 밤을 새워 소쩍새가 울고 봄의 정취에 젖은 화자는 잠을 이루지 못한다. 봄밤의 아름다운 서정을 잘 드러낸 수작이다.

이 시조에 등장하는 배꽃이 요즘 볼 수 있는 배꽃인지 돌배나무의 꽃인지는 따져 볼 일이다. 최근 생산되는 배나무들은 개량종으로 알고 있다. 따라서 위 시조에 등장하는 이화는 돌배나무 꽃일 가능성이 크다. 명사에 '돌-'이나 '개-'라는 접두사가 붙으면 그 대상이 야생에 가깝다거나, 뭔가 부족하다거나, 닮기만 했다는 뜻이 된다. 하지만 그런 이름을 가진 것들을 보면 번듯한 개량종보다 강인한 경우가 많다. 그리고 야생에 가까운 것이 제 고유의 성질을 많이 지닌 법이다.

시골 큰집에 어른 주먹보다 큰 배가 열리는 배

나무가 있었고, 외가에는 크기도 작고 딱딱한 돌배가 열리는 큰 돌배나무가 있었다. 봄에 배꽃이 필 때 보면 배나무는 키도 작고 가지의 수도 적어서 꽃이 앙상한 느낌이다. 반면에 돌배나무 꽃은 아까시나무나 이팝나무에 핀 꽃처럼 온 나무에 하얗게 달려서 하얀 눈이 내린 듯하다.

밤하늘의 제왕과 벌이는 한판 승부

외가의 돌배나무에는 밤이 되면 수리부엉이가 날아와 앉았다. 돌배나무가 수리부엉이에게 일종의 세컨드 하우스인 듯했다. 그곳에서 바라보면 동네 위쪽 언덕이 모두 보이고, 아래로는 동네 전체가 보였다. 밤마다 왜 그곳에 와 있는지는 몰랐지만, 어쨌든 그놈은 어린아이에게 공포의 대상이었다. '해리 포터' 시리즈에 나오는 올빼미나 부엉이는 인간과 공존하니 귀엽기라도 하지 야생의 맹금류는 절대 만만한 존재가 아니다. 그리고 인간의 접근을 반기지 않는다.

외가에서 밤에 오줌이 마려우면 마당을 건너 대문 밖 화장실이나 대문 안쪽 돌배나무 옆에 있는 오줌장군으로 가야 했다. 하지만 이때 수리부엉이가 돌배나무 위에 앉아 있으면 신경전을 펼쳐야 한다. 내가 방을 나서면 부엉이는 앉은 자세 그대로 목만 180도 돌려 나를 바라본다. 노란 전구 같은 눈동자가 점점 커진다. 카메라 렌즈처럼 착-착-착- 커지는 동공을 보고 있으면 오금이 저린다. 그러면 대청마루를 내려가던 내 발이 멈춘다. 마루에는 요강이 있지만 그건 여자애들이나 쓰는 것이란 당시의 관념 탓에 결코 굴복할 수 없다. 하지만 마당에 내려설 용기는 나지 않는다. 밤하늘을 배경으로 앉아 있는 수리부엉이의 덩치는 웬만한 어린아이만 하다. 날개라도 퍼득거리거나 날아갈 때 보면 밤하늘의 제왕이 따로 없다. 할 수 없이 나는 방과 마루를 왔다 갔다 하다가 요강 앞으로 간다.

언제부턴가 그 부엉이가 오지 않는다. 세월이 흘러 우리는 많은 것을 잃고 산다. 지리산 깊은 골짜기에도 호랑이나 표범이 없다. 마을까지 찾아들던 수리부엉이의 설화 같은 이야기도 찾아보기 힘들다.

세월이 흘러 그 돌배나무를 생각한다. 수령도

오래되고 높이가 적어도 10미터는 훌쩍 넘어 보였던 그 나무가 그 자리에서 자연적으로 자라난 것인지 누가 심은 것인지는 알 수 없다. 혹시 마을 사람 누군가가 산속 돌배나무에서 딴 달착지근한 돌배를 먹고는 그곳에 버린 씨앗이 저절로 자라났을지도 모르겠다. 고샅길을 따라 이어진 탱자나무 울타리와 집 뒤쪽 숲을 둘러싼 굵은 대나무들과 함께 어우러진 돌배나무의 늠름한 모습이 한 폭의 유화처럼 유년의 기억으로 남아 있다.

배나무를 뜻하는 '梨(리)' 자는 '이롭다'[利]는 뜻의 한자와 '나무'[木]라는 뜻의 한자가 결합된 글자다. 글자가 품은 뜻처럼 어릴 때 감기에 걸리거나 심한 몸살이 나면 어머니는 씨앗이 든 배의 속을 도려내고 설탕이나 꿀 같은 것을 넣어 팔팔 끓여 주셨다. 그걸 먹고 나면 몸이 한결 나아졌다. 요즘도 몸이 안 좋을 때면 옛날 생각에 배를 끓여서 먹어 보지만 어릴 때처럼 큰 효과는 나지 않는다. 배가 달라진 건지 내 몸이 달라진 건지 모르겠지만, 여전히 배의 과육은 달콤하고 배꽃은 아름답다.

선녀와 나무꾼의 예쁜 딸, 진달래꽃

◦ 분류: 진달랫과의 낙엽 관목
◦ 꽃말: 사랑의 기쁨

#봄 #진달래 #민족의_원형적_상징 #참꽃 #두견화
#화전 #한의_이미지

진달래는 잎보다 꽃이 먼저 핀다. 이른 봄 이기대에 있는 작은 절 백련사로 오르다 산 중턱쯤에서 진달래 군락을 만난다. 군락이래야 서너 그루씩 군데군데 있는 정도지만, 앙상한 가지 사이사이에서 피어난 붉은 꽃잎들의 존재감은 상당하다. 선녀와 나무꾼이 낳은 예쁜 딸이라는 전설대로 꽃이 예쁘게 피었다. 바다 쪽으로 돌출된 부분에 따로 피어난 진달래꽃은 연초록 바다와 어울려 더 곱다. 벼랑 끝의 진달래 한 그루가 봄이 바다로부터 온다는 느낌을 안긴다. 이렇듯 진달래는 험한 산지나 산비탈, 절벽, 산불이 난 자리 등 척박한 우리 산천을 지키며 살아가는 대표 종이다.

이기대 해안 절벽의 진달래꽃을 보면 박수용의

이기대 해안가 벼랑의 진달래꽃

『시베리아의 위대한 영혼』(김영사, 2011)이 생각난다. 러시아의 시호테알린산맥은 우리나라 백두 대간에서 쭉 이어져 러시아 연해주 지방의 동해를 따라 길게 뻗은 산맥이다. 이 산자락에 한국 표범과 한국 호랑이가 서식하고 있다. 실질적인 한국 호랑이(시베리아 호랑이)의 마지막 서식처다. 저자는 호랑이가 다니는 길목에 비트(땅굴)를 파고 들어가 몇 개월씩 야생의 호랑이를 관찰하고 카메라로 기록을 남긴다. 이 책의 진달래 절벽 편에 시베리아 호랑이 이야기가 나온다. '블러디 메리'라는 어미가 낳은 '설백'과 '천지백'이라는 암수 호랑이를 저자가 관찰한 부분이다. 절벽에 가득 피어 있는 연분홍 진달래꽃 사이를 지나 벼랑 끝에 서서 동해를 바라보는 천지백의 모습에서 우리 민족의 원형적 상징을 만난다. 지금 우리 땅에서는 사라졌지만 산군(山君)이라 불렸던 그들이 다시 진달래 만발한 백두 대간의 줄기를 타고 오르내릴 한반도의 생태계를 상상해 본다.

진달래는 고향에 대한 향수를 자극한다. 입에 넣고 씹으면 달큰하면서도 풀 내음이 가득 풍겨 오는 꽃과 부들부들하고 매끄러운 꽃잎은 시각, 미각, 후각, 촉각 등 모든 감각으로 옛 기억을 떠오르게 한다. 외사촌 누나와 함께 산자락을 쏘다니며 진달래꽃을 한 잎씩 따 먹던 기억은 세상살이에 지치고 힘들 때 나를 위로하는 추억이 된다. 이는 육체적 허기보다 정신적 허기를 채우는 내 삶의 원형적 상징이다.

내 마음속 나라꽃 1순위

진달래꽃은 '참꽃', '두견화'로도 불린다. 참꽃은 '먹는 꽃'이라는 뜻으로, 철쭉을 뜻하는 '개꽃'에 상대하여 이르는 말이다. 꽃잎 몇 장도 소중한 먹을거리였는지 우리 조상들은 '꽃 중의 꽃'으로 진달래를 선정하였다. 같은 진달래과의 철쭉은 독성이 있어서, 꽃도 크고 아름답고 많이 달리지만 먹을 수 있는 진달래에 비하면 개꽃이 되고 만다. 그림의 떡인 것이다. 강남 갔던 제비가 돌아오는 삼짇날(음력 3월 3일)이 되면 우리 조상들은 파랗게 돋아난 새 풀을 밟으며 싱그러운 봄기운을 받는 답청 놀이를 했다. 그때 부녀자들은 찹쌀가루나 녹두 가루에 진달래꽃을 얹어 화전(꽃지짐)을 부쳐 함께 먹었다.

두견화(杜鵑花)는 두견이라는 새 이름에서 왔다. 두견의 목에 있는 무늬가 꽃잎의 얼룩무늬와 비슷해서 붙은 이름이라고 하는데 우리에게는 중국 고사 속 유래가 더 익숙하다. 두견은 중국 촉나라의 왕이었던 망제(望帝)의 한이 깃든 새다. 망제는 별령이란 신하에게 왕위를 빼앗기고 국외로 떠돌다가 죽고 나서 두견이 되었다고 한다. 전해지는 바에 따라서는 별령이 큰 홍수를 잘 다스려 백성들을 위기에서 구해 망제가 왕위를 물려주었다는 설도 있다. 이후 두견은 목에 피가 나도록 울었고, 그 피가 떨어져 흰 꽃이 붉게 변했다 한다. 그 꽃이 진달래꽃이다. 그 뒤 두견은 불여귀(不如歸), 두백(杜魄), 촉혼(蜀魂), 두우(杜宇), 자규(子規), 귀촉도(歸蜀道) 등 다양한 이름으로 불렸다. 하지만 이 이름들은 대부분 소쩍새를 뜻하거나 두 새를 혼동한 이름이다. 소쩍새는 작은 올빼미처럼 생긴 올빼밋과의 새이고 두견은 뻐꾸기와 닮은 새다.

그럭저럭 사는 거지.
저 절벽 돌부처가
망치 소리를 다 쟁여두었다면
어찌 요리 곱게 웃을 수 있겠어.
그냥저냥 살다보면 저렇게
머리에 진달래꽃도 피겠지.

— 이정록, 「진달래꽃」(『그럴 때가 있다』, 창비, 2022)

돌부처에게 남은, 수천 번의 망치질로 쪼개지고 다듬어진 아픔은 우리 인생과 통하는 듯하다. 모든 아픔을 뒤로하듯 진달래꽃이 피어난다. 낭떠러지에서 천년의 세월을 곱게 웃으며 살아 낸 돌부처에게

서 우리 민족의 얼굴을 본다. 우리에게 진달래꽃은 한(恨)의 이미지도 지닌다. 저 짧은 시에서 우리 삶의 깊이가 느껴지고, 단순하지만 분명한 화두도 읽힌다.

나라꽃을 다시 정한다면 위와 같은 뜻에서 내 개인적 1순위는 진달래꽃이다. 우리나라 전역이 자생지이며, 척박한 자연환경을 딛고 살아가는 생태가 우리 민족의 역사와도 잘 어울리는 꽃이라 생각하기 때문이다.

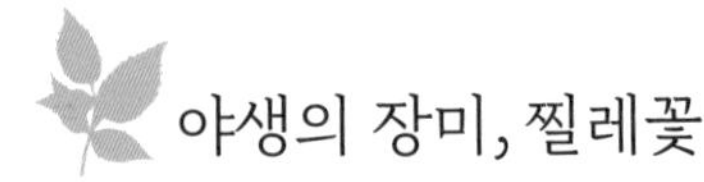

야생의 장미, 찔레꽃

◦ 분류: 장미과의 낙엽 관목
◦ 꽃말: 고독, 신중한 사랑, 가족에 대한 그리움

#찔레꽃 #찔레_순 #애잔한_슬픔 #그리움
#망향의_아픔 #첫사랑

나의 유년은
아련한 산모퉁이 길
연약한 가지에서 피어난 찔레꽃
보리밭 환한 숲에서는 뻐꾸기 울고
바람과 햇살 부딪혀 쨍한 봄날
하얀 그리움으로 핀다.

눈길과 어두운 숲속을 헤맬 때
내 인생길을 위로해 주던
내 노래의 벗이기도 한 찔레꽃
늙은 소리꾼의 소리로 살아나는
하얀 찔레꽃

— 자작시 「찔레꽃」

꽃은 대개 기쁨과 즐거움의 표상이지만 찔레꽃만큼은 슬픔을 비롯한 미묘한 감정의 복합적 표상이다. 이른 봄 매화를 보며 느끼는 맑고 고상한 기운도 있지만, 헛헛한 봄바람이 부는 날 나른한 햇살 아래 만나는 찔레꽃에서는 향기와 아름다운 자태 너머로 애잔한 슬픔이 느껴진다. 어린 시절 찔레순을 한 번이라도 꺾어서 먹어 본 사람은 그 미묘한 느낌을 어느 정도 이해할 것이다.

찔레꽃은 우리 민족과 오랜 시간을 함께해 왔다. 우리에게 봄은 아름답고 생기 넘치는 계절인 동시에 힘겨운 보릿고개를 겪는 시기이기도 했다. 이때 온 산과 들에 피어난 하얀 찔레꽃은 우리의 시각과 미각을 한꺼번에 자극했다. 하얀색 꽃의 맑고 순수한 이미지와 찔레 순의 달착지근한 맛이 함께 환기되었다.

그런데 "찔레꽃 붉게 피는"이라는 구절로 논란이 된 노래가 있다. 바로 가수 백난아가 부른 「찔레꽃」이다. 논란의 핵심은 붉은 찔레꽃이 없다는 것이다. 노래에 나오는 "남쪽 나라"라는 표현은 통상적으로 남해안을 가리키는데, 남해안 바닷가나 백사

장에선 흔히 해당화가 자란다. 이 해당화 꽃잎이 붉은색이다. 그리고 해당화를 찔레라고 부르기도 했다. 찔레는 아마 가시를 지닌 식물에 흔히 붙이던 별칭이 아닐까 한다. 이런 생각이 맞는다면 「찔레꽃」의 작사자가 본 찔레는 해당화였을지 모른다.

하지만 문학 작품이나 노랫말에 나오는 식물의 이름이 옳은지 그른지 따지는 건 부질없다. 오히려 그런 논란을 부르는 말은 그 말이 쓰인 작품에 독특한 생명력을 부여한다. 「찔레꽃」의 중심 정조라 할 그리움이란 마음은 아련한 색으로 채색되어 있기 마련이다. 꿈에서도 그리는 고향에 피어나는 꽃이 흰색이면 어떻고 붉은색이면 어떠랴.

일설에 따르면 백난아가 만주로 공연을 다녀온 뒤, 만주 독립군들이 고향을 그리워하는 심정을 담아 음악가들과 함께 「찔레꽃」을 만들었다고 한다. 3절 가사에 '북간도'라는 구체적 지명도 나온다. 저마다의 사연으로 따스한 남쪽을 떠나 차가운 북방의 이국에 머물면서 두고 온 고향과 동무를 그리워하는 애절한 사연을 노래한 「찔레꽃」은 우리 민족 특유의 정서를 어루만지고 망향의 아픔을 달래는 국민가요가 되

었다.

사라진 상징, 다시 피어나는 향기

세월이 흘러 도로는 차들로 넘쳐나고 사람들은 화사한 옷차림으로 거리를 분주하게 오간다. 누군가와 아무리 멀리 떠나 있어도 휴대 전화만 있으면 소통을 할 수 있다. 마음이 문제지 거리가 문제가 되지 않는 시대다. 생활은 풍요로워졌으며, 아이들이 배가 고파서 찔레꽃을 따 먹는다는 것은 상상하기 어려운 시대다. 세상이 그렇게 바뀌어도 찔레꽃은 여전히 슬픔을 품고 피어나는 것 같다. 아니, 우리가 그렇게 느끼는 것이리라.

찔레는 열매도 예쁘다. 어릴 때 외삼촌이 콩알이나 이 열매 안에다 '싸이나'라는 독극물을 넣어 꿩을 잡곤 했다. 독극물을 넣은 콩은 눈밭에, 찔레 열매는 가지째 나무에 꽂아 두면, 유독 눈에 띄는 그걸 주워 먹은 꿩이 얼마 못 가 하늘로 솟아오르다 떨어져 죽는다. 하루는 외삼촌이 꿩을 너무 많이 잡아 오자 외할아버지가 심하게 야단을 치셨다. 생명을 함부로, 그것도 너무 많이 해친 것에 대한 꾸지람이었을 것이다.

이웃 가게들이 다 불을 끄고 문을 닫고 난 뒤까지도 그애는 책을 읽거나 수를 놓으면서 점방에 앉아 있었다. 내가 멀리서 바라보며 서 있는 학교 마당가에는 하얀 찔레꽃이 피어 있었다. 찔레꽃 향기는 그애한테서 바람을 타고 길을 건넜다.

꽃이 지고 찔레가 여물고 빨간 열매가 맺히기 전에 전쟁이 나고 그애네 가게는 문이 닫혔다. 그애가 간 곳을 아는 사람은 없었다.

오랫동안 그애를 찾아 헤매었나보다. 그리고 언제부턴가 그애가 보이기 시작했다. 강나루 분교에서, 아이들 앞에서 날렵하게 몸을 날리는 그애가 보였다. 산골읍 우체국에서, 두꺼운 봉투에 우표를 붙이는 그애가 보였다. 활석 광산 뙤약볕 아래서, 힘겹게 돌을 깨는 그애가 보였다. 서울의 뒷골목에서, 항구의 술집에서, 읍내의 건어물점에서, 그애를 거듭 보면서 세월은 가고, 나는 늙었다. 엄마가 되어

있는, 할머니가 되어 있는, 아직도 나를 잊지 않고
있는 그애를 보면서 세월은 가고, 나는 늙었다.

하얀 찔레꽃은 피고,
또 지고.

— 신경림, 「찔레꽃은 피고」(『사진관집 이층』, 창비, 2014)

누구든 마음속에 하얀 찔레꽃 옆에서 바라본 첫사랑 그 애가 한 명쯤 있을 것이다. 수많은 세월이 흘러도 찔레꽃이 피고 향기가 퍼지면 그 애가 그리워진다. 끝없는 역마(驛馬)의 삶을 살게 한 '그 애'는 우리가 그리워하는 것을 가리키는 총칭인 셈이다.

언제부턴가 그 애가 보인다. 도심의 뒷골목에서, 항구의 술집에서, 활석 광산에서 힘겹게 살아가는 그 애가 보인다. 수많은 그 애를 보면서 나는 늙어 간다. 찔레꽃은 다시 피고 진다.

어린 날의 허기와 보리밥나무

◦ 분류: 보리수나뭇과의 상록 덩굴성 나무
◦ 꽃말: 결혼, 부부의 사랑, 해탈

#여름 #이기대 #군인들 #잠수 #돌담치와_참고둥
#허기 #보리밥나무

나는 어릴 때 여름 방학과 주말에는 거의 이기대에 가서 살았다. 그곳은 무궁무진한 놀이와 먹거리가 있는 유년의 놀이터였다.

정확히 언제인지는 모르지만 해안 경계를 위한 철조망이 둘러쳐진 뒤로도 나와 또래들의 나들이는 계속되었다. 주 출입구는 '동산이' 또는 '동사이'라 불렀던, 현재 광안대교가 정면으로 보이는 고개를 넘어가는 길과, 이기대성당이 있는 고개를 넘어가는 길이었다. 고개를 따라 바로 내려가면 지금의 어울마당이 있는 바닷가에 닿았고, 왼쪽으로 가면 군부대가 있었다. 소대 본부는 바다가 훤히 내려다보이는 언덕 위에 있었는데 현재 그 자리에는 정자가 놓여 있다. 벽돌로 지어 놓은 부대 건물에서 바다까지는 직선으로 계단이 놓여 있었다.

군인들이 있든 없든 우리 조무래기들은 여름이면 냄비 하나에 쌀과 반찬을 들거나 짊어지고 바다로 갔다. 동네 꼬마들의 출입은 심심했던 군인들에게도 좋은 놀이였는지 그분들은 우리와 잘 놀아 주셨다. 특히 전동기 소대장님과 최용두 선임 하사님 같은 계급 높은 분들이 더 잘 놀아 주셨다. 아마 이분들 덕에 우리가 바다를 마음껏 오갈 수 있었을 것이다. 민간인 출입 금지 구역이란 개념조차 없던 우리에게 아무나 출입할 수 없었던 이기대 해안은 살아 있는 자연 그 자체였다.

밥을 바꿔 먹자던 해안가 군인들

바다에서 최고의 놀이는 수영이다. 자맥질이나 다이빙도 하고, 이 바위에서 저 바위로 몇 번 왔다 갔다 하면 금방 지친다. 그러면 햇살에 달구어진 바위나 자갈밭에 누워 차가워진 몸을 덥힌다. 잠수를 하면 귀에 물이 들어온다. 쑥을 뜯어서 귀를 막아도 어느 정도는 물이 찬다. 그럴 때 따뜻한 돌에 귀를 대면 돌의 열기로 귓속의 물이 흘러나온다. 물놀이에 지친 몸들은 따스한 돌의 온기에 스르르 잠이 들기도 한다.

몸이 따뜻해지고 기력을 회복하면 먹거리를 찾는다. 그 시절에 이기대 앞 바닷속은 돌담치(홍합)밭이었다. 수면에서 2~5미터 아래에 있는 벼랑을 따라 아이들 주먹만 한 돌담치들이 빽빽하게 붙어 있었다. 우리가 아무리 열심히 채취해도 이 친구들의 번식 속도를 이길 수는 없다. 물속으로 한번 내려가면 겨우 한 개 내지 두 개 정도 뜯어 오는 정도로는 표도 나지 않는다. 그나마 잠수가 약한 아이들은 제대로 따 오지도 못한다.

해안가 바닷속에는 참고둥이나 기타 다른 고둥류가 지천이다. 돌담치나 참고둥을 적당량 잡아서는 한 냄비 삶아 내어 허기를 달랜다. 그때 군인들은 어디에서 온 병력인지 돌담치나 고둥 같은 건 잘 먹지 않았다. 하지만 우리가 가져간 쌀로 밥을 하면 자기들 밥과 바꿔 먹자며 식판을 들고 내려오곤 했다. 쌀알은 거의 보이지도 않는 꽁보리밥에, 두부 몇 조각 들어 있는 된장국이나 콩나물국이 고작이던 그 식판 밥이 그때는 그렇게 맛있었다. 지금 생각해 보면 당시 우리나라가 심하게 가난했거나, 군부대의 부식 공급에 심각한 문제가 있지 않았나 하는 생각마저 든다.

바닷속에는 이상한 물고기도 많고, 조류는 매일 조금씩 다르고, 물색도 늘 다르다. 어떤 날은 게들이 물속을 날아다니기도 한다. 새끼 발을 열심히 휘저으며 물속을 날아가는 그 친구들을 맨손으로 잡기는 어렵다. 붕장어나 생선 대가리 같은 걸 미끼로 바위틈에서 끌어내야 한다. '날게'라고 부르는 그 게들은 꽃게와 비슷하게 생겼다. 크기나 다리 모양, 몸통 등은 거의 같은데 몸 색깔만 약간 더 칙칙하다. 색깔이 예뻐서 붙은 '꽃게'란 이름 자체가 물속을 날아다닌다고 이름 붙은 '날게'와의 차이를 말해 준다. 직접 보지는 못했지만 아마 꽃게도 물속에서 조류를 따라 날듯이 이동하리라 생각한다.

수영이나 잠수를 계속하다 보면 가끔 인간이 바다에서 왔다는 느낌이 든다. 뤽 베송 감독의 영화 「그랑블루」(1993)를 보면 심해 잠수를 하는 주인공 자크가 인간들과는 교류를 어려워하고 돌고래와 더 교감하는 모습이 나오는데 무척 인상적이었다. 잠수를 오래 하다 보면 물속이 바깥보다 편안한 느낌이 든다. 온몸으로 물을 느끼고, 우주에서처럼 자유롭게 유영하며 편안함을 느낀다. 숨도 갈수록 오래 참을 수 있게 된다.

어린 새들처럼 보리똥에 매달려

오후에도 한가한 군인들과 놀거나 수영을 했다. 그러다 집에 갈 때쯤 양파 망으로 반 자루 정도 돌담치를 딴다. 돌담치는 일단 내가 좋아하고 식구들도 모두 좋아하는 먹거리다. 많이 가져가고 싶지만, 채취한 돌담치를 어깨에 메고 이기대 고개를 넘어 집으로 가는 길이 만만치 않아 늘 적정 양으로 타협을 한다. 물론 놀다가 그냥 돌아가는 날도 많다.

해가 살짝 기울면 모닥불에 그을린 전용 냄비를 적당히 씻고 짐을 챙겨, 올 때보다 무거워진 몸과 짐을 들고 집으로 간다. 그 시간이면 배가 엄청 고프다. 군인 아저씨들과 바꾼 밥을 먹은 날은 허기가 더 심하다. 산길은 바다와 달리 먹을 것이 별로 없다. 그때 우리의 허기를 달래 주던 것이 보리밥나무 열매다. '보리똥'이라고도 불렀던, 흰 점이 자잘하게 박힌 빨간 열매는 우리를 유혹하는 마법의 열매였다. 이기대 해안과 산길 곳곳에 보리밥나무가 있었다. 덜 익어서 초록색이 도는 시큼한 열매부터 제법 맛이 들어 달짝지근한 열매까지 주렁주렁 매달린 보리밥나무 아래에서 우리는 새 새끼들처럼 열매를 한참 따 먹고는 갈 길을 간다. 요즘 이기대를 산책하다 보면 그때처럼 가끔 보리밥나무가 보이기는 하는데 열매가 달린 모습을 잘 볼 수가 없다. 왜 그런지는 잘 모르겠지만 유년의 기억 한 자락이 바스러지는 듯 살짝 아쉽다.

당시 소대장님이나 선임 하사님은 지금도 가끔 생각이 난다. 안부가 궁금하다. 해안 부대에서 근무하면서도 수영이나 잠수와는 담쌓고 지냈던 다른 군인 아저씨들도 다들 잘 계시겠지?

숲속의 보랏빛 초롱, 도라지꽃

◦ 분류: 초롱꽃과의 여러해살이풀
◦ 꽃말: 영원한 사랑

#여름_방학 #외가 #소_꼴_먹이기 #산딸기 #노루
#도라지꽃 #청초한_미인

중학교 여름 방학 때는 경남 함양에 있는 외가에 가서 시간을 많이 보냈다. 그곳은 골짜기를 따라 10여 호에서 많게는 수십 호에 이르는 마을들이 옹기종기 자리해 있던 정겨운 산골이었다. 그곳에선 덕유산을 모산으로 하는 기백산과 금원산이 멀리 보였는데, 지역의 해발 고도 자체가 400미터 정도 되다 보니 높이가 1천 미터 넘는 산들도 고만고만하게 보였다.

여름날 초등학생이나 중학생 아이들은 소한테 꼴을 먹이려고 근처에 있는 산을 한두 개 넘어갔다 오는 것이 큰 일거리 중 하나였다. 당시 소는 시골 농가의 재산 목록 1호였기에 그렇게 직접 챙기지 않았나 싶다. 굽이굽이 이어지는 산길에는 손을 대면 작은 알갱이로 바삭바삭 부서지는 굵은 마사토가 많았다. 흙은 모두 그런 줄 알았는데 몇 해 뒤 대학 다닐 때 전라도 강진, 해남 쪽을 여행하면서 황토라는, 전혀 다른 흙을 처음 보게 되었다. 온 들판을 붉게 뒤덮은 황토는 시각적으로 너무나 강렬했고 땅심도 좋아 보였다.

산길 흙이 박토라 해도 철 따라 작고 귀여운 꽃들이 피어났다. 봄이면 꽃마리, 별꽃류, 봄까치꽃, 진달래꽃, 조팝꽃, 아까시나무 꽃 등이 길을 밝혔고, 여름이 다가오면 찔레꽃, 산딸기꽃, 도라지꽃, 돌복숭 등이 군데군데 피어나고 열매를 맺었다.

하루는 다른 날보다 산을 몇 개나 더 넘어 꽤 멀리, 동네 형들이 아는 곳으로 꼴을 먹이러 갔다. 나는 처음 가 보는 곳이었는데, 전설같이 큰 산딸기가 지천으로 열리는 곳으로 유명했다. 산과 산 사이로 축구장 넓이는 족히 되는 곳에 산딸기밭이 펼쳐져 있었다. 단맛이 그리운 아이들에게 산딸기가 익어가는 계절은 천국과 같았다.

산딸기밭 건너편에 높은 벼랑이 있었는데, 그 중간쯤에 긴 타원형 모양의 제법 큰 굴이 있었다.

옛날에 호랑이가 살았던 굴이라서 그 안에 들어가면 지금도 노루 같은 짐승의 뼈들이 남아 있다는 형들의 이야기에 나는 들어가지도 않아 놓고 약간 긴장하기도 했다. 좀 더 크면 한번 올라가 봐야지 했는데 지금까지도 못 올라가 봤다. 이제는 숲이 우거지고 산길도 많이 사라졌을 텐데 그곳을 찾을 수나 있을는지 모르겠고, 그곳이 진짜로 존재하기는 했는지조차 아련하다.

소들을 대충 풀어 두고 산딸기 따기에 정신없던 내 옆으로 송아지 한 마리가 나타났다. 송아지도 열심히 산딸기를 먹는지 잎들을 먹는지 나를 계속 따라다녔다. 시간이 어느 정도 지났을 때 형들이 갑자기 "노루다!" 하고 외치는 소리에 내 옆에 있던 송아지가 풀쩍 뛰어 산 쪽으로 달아나 버렸다. 그때서야 나는 그 친구가 송아지가 아니라 노루라는 것을 알았다. 노루가 산딸기도 먹는지는 모르겠지만 그 친구도 좀 외로웠나 보다. 사람이라고는 찾아볼 수 없는 깊은 산중에 나타난 조그마한 아이가 반가워 잠시 곁에 머물렀던 것일까? 어쩐지 생긴 게 조금 다르더라니.

그날 집으로 돌아가는 길에 도라지꽃을 만났다. 숲 가장자리에 놓인 평평한 바위 위에 피어 있었다. 도라지꽃은 산길에서 흔히 보는 꽃이라 대충 지나다녔는데, 피어난 자리가 독특해서 자세히 살펴보니 뿌리가 바위에 붙어 자라고 있었다. 흙을 조금 걷어 내자 내 손바닥 두 배 조금 넘는 펑퍼짐한 도라지 뿌리가 쉽게 떨어져 나왔다. 그날 이후 지금까지 다시는 그렇게 큰 도라지를 본 적이 없다. 그게 도라지였을까, 곰 발바닥이었을까?

도라지는 인삼 부럽지 않은 약효로 유명하다. 도라지꽃은 색깔이 매력적이나 상대적으로 덜 알려져 있다. 개화 전 오각형 풍선 모양의 꽃봉오리가 서서히 부풀어 오르며 흰색에서 차츰 청색으로 변해 간다. 풍선처럼 생긴 덕에 영어 이름이 '풍선꽃'(balloon flower)이다. 보라색에 가까운 별 모양의 청색 꽃이 피어난 들판이나 계곡은 푸른 별밭이 되곤 한다.

언제부턴가 야생에서 도라지꽃을 보기가 힘들어졌다. 자연환경 변화에 따른 현상이 아니라면 사람들의 잘못 때문일 것이다. 그래도 요즘은 도라지꽃을 좋아하는 사람들이 조경용으로 많이 심어서 여름철 한두 달, 길을 가다 흰색과 보라색으로 피어나는 도라지꽃들을 만나기도 한다.

도라지는 꽃이 피면 수술의 꽃가루가 먼저 공기중으로 날아가고 이후 암술이 고개를 내민다. 근친교배를 막기 위한 이 시스템 때문인지 꽃말은 '영원한 사랑'으로 붙었다. 같은 지구에서 살아가면서 아무리 그리워도 이루어질 수 없는 애절한 연인들을 위해 위로의 꽃 한 송이를 전한다.

숲에서 도라지꽃을 만나면 청초한 숲속의 미인을 만난 듯하다. 활짝 핀 꽃은 핀 대로, 덜 핀 풍선모양의 꽃봉오리는 꽃봉오리대로 청사초롱처럼 주변에 빛을 밝히고 있다. 수많은 사연을 품은 듯한 색을 지녔지만 맑은 모습으로 서 있는 도라지꽃. 외롭고 상처받아도 아닌 척하며, 아무 일 없는 듯 살아가는 우리는 도라지꽃 같은 존재들이 아닐까?

그리운 고향 길의 추억, 코스모스

◦ 분류: 국화과의 한해살이풀
◦ 꽃말: 순정, 사랑, 소녀의 순결

#가을_아침 #가을_하늘 #코스모스 #호랑나비 #순정
#고향_길 #고사리손

점심시간에 학교 식당에서 연일 아이유의 노래 「가을 아침」이 들린다. '가을 아침', '가을 하늘'이란 말만 들어도 기분이 좋고 온몸의 감각이 깨어난다. 가을은 감각의 계절이다. 나무들은 저마다 특유의 색채로 변신하며 한 해를 마무리해 간다.

성모여고 연못 정원 곳곳에 핀 코스모스가 가을 바람에 하늘거린다. 때마침 여기저기에서 나비들이 날아든다. 호랑나비 한 마리가 코스모스에 사뿐히 내려앉는다. 그 호랑나비도 몸무게가 있는지, 발을 디딘 꽃잎 하나가 아래로 살짝 처진다. 자세히 보니 꽃잎이 만들어 내는 곡선이 참 아름답다. 나비들의 날개도 선이 우아한데 꽃과 나비가 만나니 그 잠깐의 어우러짐 속에서 찰나의 아름다움을 느낀다.

청초한 코스모스는

오직 하나인 나의 아가씨

달빛이 싸늘히 추운 밤이면

옛 소녀가 못 견디게 그리워

코스모스 핀 정원으로 찾아간다.

코스모스는

귀또리 울음에도 수줍어지고

코스모스 앞에 선 나는

어렸을 적처럼 부끄러워지나니

내 마음은 코스모스의 마음이요

코스모스의 마음은 내 마음이다.

— 윤동주, 「코스모스」
(『하늘과 바람과 별과 시[詩]』, 연세대학교 대학출판문화원, 2019)

윤동주 시인의 「코스모스」를 보면 순수했던 어린 시절이 떠오른다. 청초한 나의 아가씨 앞에 선

화자는 부끄러워서 말도 제대로 못 하고 주변만 맴돈다. 세월이 지나고 코스모스 앞에 선 화자는 어렸을 적처럼 부끄러워진다고 고백한다. 마지막 연에서 '내' 마음은 코스모스의 마음이고, 코스모스의 마음은 '내' 마음이라는 완벽한 사랑의 조화를 이룬다. 이런 순수하고 아름다운 사랑을 할 수 있다면 얼마나 좋을까?

이런 청초한 이미지에 어울리는 코스모스의 꽃말은 '순정'이다. 누군가는 마음에 둔 사람과 함께 길을 걷다가 코스모스 한 송이에 사랑을 담아 전하기도 했을 것이고, 사랑을 시작하는 연인들은 들길에서 꺾어 온 코스모스 몇 송이를 몰래 상대의 책상 위에 꽂아 두기도 했을 것이다.

코스모스는 색깔도 이쁘다. 연분홍에서 자주색까지 꽤 다양하다. 꽃잎의 끝부분만 분홍색이나 자주색으로 살짝 물든 애교 넘치는 꽃송이들이 청명한 가을날 바람을 따라 점점이 하늘거리는 모습은 말 그대로 장관이다.

가을의 전령, 코스모스

코스모스는 여름의 불볕더위가 사라질 무렵 잠자리와 함께 나타나 가을의 시작을 알린다. 마을 길과 신작로를 따라 한들한들 흔들리는 모습은 귀하고 아름다운 가을의 얼굴이다. 코스모스는 높고 푸른 가을 하늘과 참 잘 어울린다.

외사촌 누나는 고향에 있는 길가의 그 꽃들을 보고 어릴 때 또래 아이들과 함께 직접 심은 것이라 했다. 요즘엔 학생들에게 그런 일을 시켰다가는 세상이 시끄러워지겠지만, 옛날에는 초등학교 고학년 아이들에게도 그런 일을 시켰던 모양이다. 지금은 요양원으로 쓰이는 함양군 안의면에 있던 동도초등학교에서 마을 입구까지, 고사리 같은 아이들 손으로 심었던 코스모스가 가을 들판과 도랑 길을 따라 파스텔 톤의 수채화 몇 폭을 족히 그려 내고 있다.

세상이 어지러울 때는 가을 들판을 가득 채운 코스모스가 그립다. 부드럽고 가는 줄기로도 하늘하늘 우아한 모습으로 질서와 조화를 이루는 코스모스(cosmos) 같은 세상이 그리워진다.

2부

산책길의 동행자

#생활_공간 #일상 #산책 #반려_식물

초대하는 말

30대까지는 틈나는 대로 먼 곳으로 떠나고 싶었다. 등산을 해도 지리산, 설악산, 계룡산, 소백산, 오대산 같은 멀리 있는 산으로 자주 다녔다. 대학생 시절에도 학술제나 축제 기간이면 배낭을 지고 지리산 같은 곳으로 떠나곤 했다.

하지만 최근에는 먼 곳보다 가까운 곳을 많이 다닌다. 산행보다는 산책이 일상이 되어 간다. 틈나는 대로 아파트의 중앙공원까지 이어지는 산책로에서 계절마다 피어나는 꽃들과 나무들을 보며 걷는다. 나와 20여 년을 함께한 나무들이 건강하게 자라는 모습을 보는 것이 즐겁다. 해마다 몸집을 키우는 홍가시나무, 영산홍, 남천의 잎사귀를 손바닥으로 스치며 그들의 안부를 묻는다. 아왜나무, 후박나무, 향나무, 벚나무, 느티나무 등 키가 큰 나무들에게는 눈으로 안부를 전한다.

그중 몇 그루는 다른 나무와의 경쟁에 치여 자기 몫만큼 자라지 못하고 나뭇가지에서부터 시작해 원줄기까지 썩어 가는 모습을 보인다. 또 우리 동 출입구 앞 느티나무는 아이들의 발길질과 축구공 세례를 너무 받더니 밑둥치가 약해져 몇 해 전 태풍에 넘어지고 말았다. 비 올 때 넓게 퍼진 가지 덕분에 우산 없이도 주차장까지 갈 수 있게 해 준 고마운 나무였는데, 느티나무로서는 짧은 생을 살아 안타까웠다. 그 나무를 가만히 쓰다듬으며 작별의 인사를 고한다.

자연과 교감하는 행위는 삶에 대한 내 감각을 일깨운다. 나무와 꽃을 대할 때는 주로 시각을 통한다. 그들이 지닌 다양한 모양과 색깔 등을 바라보고 있으면 절대자의 힘을 떠올릴 수밖에 없다. 완벽한 균형과 조화를 이룬 모습이나 수분 매개자와의 관계를 떠올리게 하는 다양한 형태의 수술과 암술, 가지각색의 꽃 모양은 아름다움에 대한 영감을 준다. 더불어 보도블록 사이에서 피어나는 민들레, 해안가 돌 틈이나 절벽에서 피어나는 돌가시나무 혹은 해국의 선명한 꽃을 바라보고 있으면 자연의 경이를 느낀다. 시련을 극복하고 성취를 이룬 사람들에게 박수를 보내듯이 척박하고 절망적인 공간에서도 아름다운 꽃을 피워 내고 생명을 이어 가는 그들의 삶에 감탄하게 된다.

이렇듯 식물은 나에게 많은 깨달음을 주는 산책길의 동행자다. 그저 바라만 보았을 뿐인데 식물은 나에게 많은 것을 주는 좋은 친구가 된다. 더불어 길을 걷는 행위 자체가 인생을 성찰하고 관조하게 하며, 때로는 마음의 상처를 치료하고 나 자신을 위로해 주기도 한다. 건강한 신체는 덤으로 얻을 수 있으니 금상첨화라 하겠다.

바람 따라 피는 꽃, 민들레

◦ 분류: 국화과의 여러해살이풀
◦ 꽃말: 행복, 감사하는 마음

#이른_봄 #민들레 #바람에_날리는_씨앗 #밀려난_토종 #밝은_구석 #해학

가끔 광안리 해변까지 산책을 간다. 집에서 남천동까지 이어진 해안 도로는 흙이라고는 찾아보기 힘든 보도블록 길이다. 그런데 놀랍게도 보도블록과 바다 쪽 펜스가 만나는 좁은 틈을 따라 민들레들이 일렬로 피어 있다. 자세히 보니 그 틈이 조금 벌어져 있다. 근처 어딘가에서 날아올라 흙을 찾아 떠돌던 민들레 씨앗들이 고단한 여행을 멈추고 그곳을 보금자리로 삼은 모양이다. 그들로서는 최선의 선택을 한 것이겠지만, 그 모습을 바라보는 내 마음 한구석에선 애잔함이 올라온다.

이른 봄 민들레꽃 한 송이에 수많은 혀꽃(설상화)이 핀다. 그리고 혀꽃 각각마다 수술 다섯 개와 암술 한 개가 있다. 쉽게 말해, 빽빽하게 피어 있는 민들레의 꽃잎 하나하나가 사실은 독자적인 꽃이라는 것이다. 그 많은 꽃잎들에서 씨앗이 영그니 번식력이 타의 추종을 불허한다. 꽃이 지고 나면 그 자리에 하얀 씨앗들이 탐스럽게 달린다. 때가 되어 바람을 타고 하늘하늘 날아가는 씨앗의 모습은 사람이 낙하산을 타고 내려가는 모습을 닮았다. 실제 낙하산을 만들 때 민들레 씨앗의 모습을 모방했다는 설도 있다.

민들레라는 이름은 접두사인 '민-/맨-'(흔하다)과 '돌외'(들꽃)의 합성어로 흔하게 볼 수 있는 들꽃이라는 뜻을 지녔다는 설이 있고, '뮈다'(움직이다, 흔들리다)와 '돌외'의 합성어로 씨앗이 바람에 날려 멀리 퍼지는 꽃이란 뜻의 말에서 유래했다는 설도 있다.(조민제 외, 『한국 식물 이름의 유래』, 심플라이프, 2021, 1891쪽 참조) 현대인에게 이동은 일상이 되었다. 자유를 찾아서, 일자리를 찾아서, 공부하기 위해서, 좋은 환경을 찾아서 사람들은 떠난다. 마치 바람에 날려 멀리멀리 이동하다가 낯선 곳에 정착하는 민들레 씨앗처럼.

민들레에는 토종 민들레와 서양 민들레, 산민들

레, 흰민들레 등이 있는데, 언제부턴가 서양 민들레가 우점종이 되어 우리 토종 민들레는 만나기 어렵게 되었다. 이유를 알아보니 서양 민들레는 꽃도 크고, 그래서 당연히 씨앗도 많다. 또 봄에 잠깐 꽃이 피는 토종 민들레와 달리 서양 민들레는 1년 내내 꽃이 피고 종자도 잘 맺는다. 더구나 다른 민들레의 꽃가루를 받아 씨앗을 만드는, 타가 수분을 하는 토종 민들레와 달리 서양 민들레는 타가 수분은 물론 자기 꽃가루로 수정하는 자가 수분도 가능하고, 수정 없이 씨앗을 만드는 처녀 생식도 가능하다고 한다. 이런 여러 이유로 토종 민들레는 도시에서건 들판에서건 서양 민들레에 밀려나게 되었다.

이런 현상을 알았는지는 모르지만 가수 조용필이 「일편단심 민들레야」라는 노래를 불렀더랬다. 아마 이 노랫말 속 민들레는 토종일 것이다. 토종 민들레는 토종끼리 꽃가루받이를 한다. 토종 민들레가 아무리 찾아도 같은 토종을 찾지 못해 절규한 것 아닐까? 이 시대 '일편단심 민들레'는 점차 소멸의 길을 가는 듯하다.

민들레는 여하튼 노랗게 웃는다.

내가 사는 이 도시, 동네 골목길을 일삼아

미음자로 한 바퀴 돌아봤는데, 잔뜩 그늘진 데서도

반짝! 긴 고민 끝에 반짝, 반짝 맺힌 듯이 여럿

민들레는 여하튼 또렷하게 웃는다.

주민들의 발걸음이 빈번하고 아이들이 설쳐대고

과일 파는 소형 트럭들 시끄럽게 돌아 나가고 악, 악,

살림살이 부수는 소리도 어쩌다 와장창, 거리지만 아직

뭉개지지 않고, 용케 피어나 야무진 것들

민들레는 여하튼 책임지고 웃는다. 50년 전만 해도 야산 구릉이었던 이곳

만촌동. 그 별빛처럼 원주민처럼 이쁜 촌티처럼

민들레는 여하튼 본색대로 웃는다.

인도블록과 블록 사이, 인도블록과 담장 사이,

담장 금간 데거나 길바닥 파인 데,

민들레는 여하튼 틈만 있으면 웃는다. 낡은 주택가,

너덜거리는 이 시꺼먼 표지의 국어대사전 속에
어두운 의미의 그 숱한 말들 속에
밝은 구석이 있다. 끝끝내 붙박인 '기쁘다'는 말,
민들레는 여하튼 불멸인 듯 웃는다.

— 문인수, 「밝은 구석」(『쉬!』, 문학동네, 2022)

'밝은 구석'이라는 제목이 눈길을 사로잡는다. '밝다'는 말과 '구석'이라는 말이 묘하게 어울리는 듯 어긋난다. 이 시에서 화자는 '웃는다'는 말을 여섯 번이나 반복한다. 도시에 그늘이 지고, 트럭이 시끄럽게 돌아 나가고, 살림살이 부수는 소리가 와장창 해도, 담장에 금이 가고 길바닥은 파였지만, 민들레는 웃고 있다.

웃음은 귀족의 것이 아니다. 예로부터 왕족, 귀족, 장군 등이 주인공이 되면 비극이 되지 않았던가. 웃음과 해학은 서민의 정서다. 가난하고 소외된 이들이 웃으며 살았다. 웃음은 그런 것이다. 어둠 속에서도 기를 쓰며 밝은 구석을 찾아가는 것이 바로 웃음이다.

신경림 시인은 「파장(罷場)」이란 시에서 "못난

놈들은 서로 얼굴만 봐도 흥겹다"(『농무[農舞]』, 창비, 1975)라고 했다. 우리 민족은 너나없이 못난 놈들이었다. 그래서 손해 볼 짓을 예사로 한다. 이웃집 굴뚝에 연기가 나지 않으면 넌지시 쌀말이나 도와준다. 마을에 밥 굶는 이가 들어와 있으면 이 집 저 집에서 품앗이하듯 그이를 돌본다.

하지만 지금은 똑똑한 사람이 너무 많다. 자기 지식을 뽐내고, 재력을 뽐내고, 자신의 가치관을 내세운다. 사회적 이슈가 된 인터넷 기사들에 댓글로 칼춤을 춘다. 시퍼런 칼날이 예사로 사람을 죽인다. 자비와 사랑을 외치는 종교들의 신자 수를 생각하면 이 세상은 자비와 사랑이 온 나라를 덮고도 남아야 할 텐데 말이다. 좀 못살아도, 좀 모자라도 넉넉했던 정이 그립다. 민들레의 꽃말인 '행복', '감사하는 마음'을 생각해 본다.

산기슭 바위틈에서
온 우주가 피어난다—

2021. 5. 7.

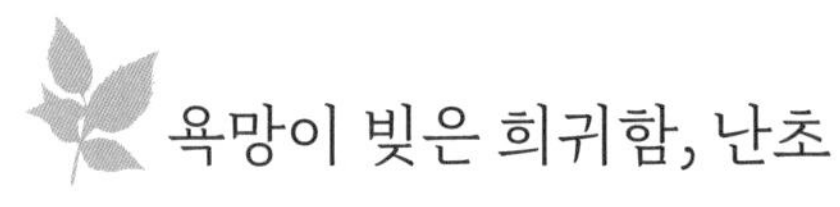

욕망이 빚은 희귀함, 난초

◦ 분류: 난초과의 여러해살이풀
◦ 꽃말: 소박한 마음, 청초한 아름다움

#난초 #무분별한_채취 #멸종_위기_1급 #부드러움 #강인함 #맑고_곧은_마음

박완서 장편 소설 『그 많던 싱아는 누가 다 먹었을까』(웅진출판, 1992)에 나오는 싱아를 내 어린 시절에 대입하면 '그 많던 난초는 다 어디로 갔을까?'가 된다. 어린 시절 고향 야산에서 난초들을 심심치 않게 볼 수 있었다. 그때 본 난초들이 어떤 종류인지는 몰랐고 관심도 없었다. 그런데 어른이 되고 보니 난초는 주변에서 흔히 만날 수 없는 식물이 되어 있었다. 생태 환경이 변한 건 아니고, 난초류를 채취하는 사람이 늘어나서 그렇게 되었다는 합리적 의심이 든다.

가까운 집안 분도 좋은 난초를 찾아 시간만 나면 주변 산을 다녔고, 난초 키우는 공간을 따로 만드는 사람도 본 적이 있다. 그분들은 변이종 난초에 거의 미쳐 있었던 듯하다. 잎에 작은 선이라도 한 두 개 들어갔거나 꽃의 모양이나 색이 독특한 난초를 보면 감탄을 했고 횡재했다는 말까지 했다. 자기 자리에 뿌리 내리기까지 수많은 시간을 보냈을 난. 그 인고의 시간이 무분별한 사람들 손길 한 번에 쑥 뽑혀 나갔다. 지금은 변이종 난초는 말할 것도 없고 일반적인 춘란 종류도 주변 자연에선 찾기 어렵다. 그래서인지 채취꾼도 많이 줄어든 듯하다.

열대 지방이 원산지인 난초의 종류는 2만 또는 3만 종 이상이라 알려져 있다. 우리나라에도 '난(蘭)'이란 글자가 들어간 식물이 수십 종이다. 그중 대표적인 종이 춘란, 한란, 풍란, 석곡 등이다. 춘란은 진달래 등과 함께 이른 봄에 꽃을 피어 봄을 알린다고 해서 보춘화(報春花)라고도 하며, 꽃대 하나에 꽃이 한 송이 핀다. 이를 일경일화(一莖一花)라 한다. 한란은 제주도가 원산지이며, 추울 때 꽃을 피운다고 해서 그 이름을 얻었다. 한란은 꽃이 여러 송이 달리는 일경다화(一莖多花)다.

한란은 천연기념물이자 멸종 위기 1급 식물이다. 사람들의 무단 채취와 기타 영향으로 많은 난초류가 같은 위기에 처해 있다. 5월에 피는 광릉요강꽃, 강원도 이북의 높은 산지에 분포하는 털복주머니란, 자생지인 남해안과 제주도에서도 그 모습을 찾기 어려운 나도풍란, 자생지가 제주도인 죽백란과 비자란, 남해 금산에서 발견되었고 잎에 자주색 반점이 많아 금산 자주 난초로도 불리는 금자란 등의 사정도 마찬가지다.

이렇듯 멸종 위기 야생 생물 1급인 식물 가운데 세 가지(한라솜다리, 한라산 백록담 암매, 제주도 특산물 만년콩)만 빼면 모두 난초류다. 멸종 위기 식물들은 그 자태가 매우 아름답다. 희귀하고 아름다운 것에 대한 욕망으로 사람들의 손을 더 탔을 것이다. 더구나 난초의 씨앗은 크기가 너무 작아 'dust seed'(먼지 씨앗)라 불릴 정도다. 그래서 씨앗 자체만으로는 발아가 어렵고 곰팡이의 도움이 있어야 한다. 아름다운 토종 난초를 다시 만나기 위해서는 그들이 살아가는 환경을 잘 보존하는 것도 무척 중요하다.

부드러운 가운데 드러나는 강인함

예부터 선비들은 난초를 즐겨 그렸다. 춘란을

많이 그렸지만 한란도 많이 그렸다. 오늘날 한란은 개량되어 관상용으로 많이 보급되어 있다. 내 책상에 놓인 한란도 잎의 선이 꽤 운치가 있어 자주 바라보곤 한다. 난초는 부드럽게 뻗어 가는 선의 아름다움이 감상 포인트다. 여기에 더해 귀하게 피어나는 꽃의 모양과 향기, 추위를 이기고 피어나는 강인함 등에서도 높은 평가를 받는다.

난초의 꽃 모양은 독특하다. 아마 가장 진화한 꽃의 형태가 아닐까 싶다. 학이 날개를 펼친 듯 펼쳐진 꽃받침 세 장이 꽃잎을 우아하게 둘러싸고 있는 형태다. 상대적으로 크기가 작은 꽃잎 세 장은 열매를 소중하게 품고 있는 듯한 모습이다. 그중 맨 아래에 있는 꽃잎을 입술 꽃잎이라고 한다. 짧은 양탄자를 펼친 듯한 입술 꽃잎은 곤충을 유혹하기 위한 것으로 알려져 있다. 서양에서는 입술 꽃잎의 모양이 배를 닮았다고 생각해 한란의 속명을 그리스어 'cymbe'(배, 船)와 'eidso'(모양)를 합해 'Cymbidium(심비디움)'이라 했다고 한다.

다음 그림은 난을 치는 데는 타의 추종을 불허했던 추사 김정희의 작품이다. 혹독했던 겨울을 이

「적설만산(積雪滿山)」(김정희, 지본수묵, 22.9×27.0cm, 간송미술문화재단). 그림에 담긴 한시는 풀이하면 이렇다. “온 산은 눈에 파묻히고 / 강에는 얼음이 난간을 이룬다. / 손가락 끝에 봄바람 불어오니 / 하늘의 뜻을 알겠노라.”(積雪滿山[적설만산] / 江氷闌干[강빙난간] / 指下春風[지하춘풍] / 乃見天心[내견천심])

이미지 © 간송미술문화재단

기고 피어난 짧고 강한 난초 잎들이 추사의 강인한 기상을 느끼게 한다. 기운생동(氣韻生動)하는 붓질 속에 엄혹한 현실에서도 늘 맑고 곧은 마음을 지니고자 했던 추사의 정신세계가 잘 드러나 있다.

이렇게 이야기하다 보니 난초라는 식물이 너무

멀게 느껴진다. 하지만 전 세계 어디에나 있는 난초는 우리에게 꽤 가깝고 익숙한 식물이다. 우리가 좋아하는 바닐라도 난의 한 종류다. 맑은 난초의 향처럼 바닐라의 은은하고 매력적인 향기가 우리의 미각을 자극한다.

광범위하게 분포하는 난초의 생태를 연구하다 보면 자연의 온갖 신비와 마주할 듯하다. 지금도 인간의 발길이 덜 닿은 미지의 공간에서 수많은 난초와 그 변이종들이 피고 지고 있을 것이다.

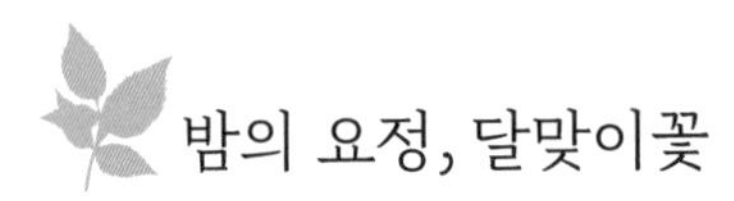

밤의 요정, 달맞이꽃

◦ 분류: 바늘꽃과의 두해살이풀
◦ 꽃말: 기다림, 밤의 요정, 마법, 말 없는 사랑

#문학_정신 #치유 #상사화 #꽃무릇 #달맞이꽃 #굴곡과_시련 #생명력

소설가 전성태, 시인 장철문 선생을 만난 날이었다. 전남 구례에 있는 순천대학교 교직원 수련원 뒤뜰과, 노고단으로 이어지는 산자락에는 늦여름에 핀 야생화들이 지천이었다. 이날 『자본주의의 적』(창비, 2021)이라는, 거창한 제목에 해학과 풍자가 넘치는 소설집을 들고 정지아 작가도 만났다. 그런데 작가와 세상 살아가는 이야기를 나누느라 정작 작품에 대한 대화는 물론이고 책에 사인받는 것조차 다음을 기약하고 헤어졌다. 나는 나름의 이유로 소주 같은 깔끔한 증류주를 좋아하는데, 정지아 작가는 나름의 이유로 위스키 같은 증류주를 좋아한다고 하니 이상한 데서 동질감을 느꼈다.

그 뒤 정지아 작가의 장편 소설 『아버지의 해방

일지』(창비, 2022)가 나왔다. 전작들도 훌륭했지만 이 작품을 보니 그의 글솜씨가 절정을 향해 가고 있는 듯했다. 삶에 대한 깊은 성찰과 관조, 시련의 시간을 겪지 않고는 결코 오를 수 없는 어떤 경지가 느껴졌다. 작품은 작가의 돌아가신 아버지를 모델로 한다. '구빨치'로 빨치산 활동을 시작한 아버지 탓에 집안의 많은 사람이 피해를 입고 연좌제가 풀릴 때까지 출셋길이 막힌다. 아버지 당신은 당신대로 '위장 자수'를 한 탓에, 같은 길을 걸어온 사람들에게 동지 대접을 받기도, 또 못 받기도 한다.

작가의 이 아버지는 살아서 너무 진지했고 민중에 대한 사랑이 넘쳤지만 민중의 생업인 농사일에는 젬병이었다. 작품을 보다 보면 아버지식 사회주의가 너무 진지하고 현실과 동떨어져 있어 웃음이 나온다. 그래도 돌아가신 아버지가 세상과 맺은 인연은 만만치 않아 딸 하나(작가)인 집안치고는 많은 사람이 아버지를 추억하며 문상을 온다. 그들이 지닌 사연과 인연이 예사롭지 않다. 작가는 그들과 만나며 지나간 상처를 보듬고 치유한다. 죽은 사람은 죽은 사람들대로, 산 사람은 산 사람들대로 아버지의 삶과 어우러져 자기 이야기를 펼쳐낸다. 결국 우리가 살아가는 세상은 이념보다는 사람과 사람이 맺는 관계에 의해 운영돼 가는 것 아닌가 하는 생각을 새삼 하게 된다.

한편 작품 말미에 나오는, 아버지를 화장하면서 나눈 모녀간의 대화가 무척 인상적이었다. 어머니가 딸에게 귓속말로 "아이, 쫌 대줄 것을 그랬어야."(247쪽)라고 말하며 태연하게 눈물을 훔치는데, 작가의 말처럼 순간적으로 나도 '이 말이 내가 생각하는 그 말이 맞나?' 싶었다가 '그렇지, 작가란 이런 게지!' 하며 무릎을 쳤다. 이 대목은 해탈한 노스님의 법문인 양 많은 생각을 하게 한다. 긴 세월 동안 유물론이라는 철학을 공유하며 수많은 밤을 보냈을 부부 간의 내밀한 이야기들을 한마디 대사로 퉁치고, 아버지와 어머니의 모습을 너무도 인간적으로 그려 낸 작가의 내공에 경의를 표한다.

몸과 마음을 치유하는 작가 그리고 꽃

하루를 묵고 아침에 수련원 주변만 가볍게 둘러보자고 나선 길이 노고단 자락을 따라 한참을 올라가게 되었다. 먼저 수련원 주변에서는 붉은 꽃이 핀 배롱나무들과 함께, 나무 그늘 아래 수줍게 핀 연분홍 상사화 몇 포기가 눈에 띄었다. 상사화는 초봄에 올라온 잎이 지고 난 다음 꽃대가 올라오고 나서 꽃이 핀다. 여름이면 길게 올라와 있는 꽃대가 빛의 세기에 따라 연두색으로도, 짙은 녹색으로도 보이는데, 그 쭉쭉 뻗어 있는 모습을 보면 영락없이 숲속의 미인 같다. 이렇게 잎과 꽃이 서로 다른 계절에 나오느라 서로 만나지 못하고 그리워만 한다고 하여 상사화(相思花)란 이름이 붙었다. 가을에 여러 사찰이나 고향인 함양의 상림 같은 곳에 가면 보이는, 붉은 꽃 무리가 장관을 이루는 꽃무릇(석산[石蒜])도 집안이 같은 꽃이라 할 수 있다. 다만 꽃무릇은 잎이 먼저 나는 상사화와는 다르게 꽃이 먼저 피었다가 지고 나서 잎이 난다.

수련원 뒤쪽 산길에서는 초가을 산이 주는 맑은 기운과 군데군데 피어 있는 야생화들이 발걸음을 가볍게 했다. 사위질빵과 나팔꽃 덩굴이 주변의 식물과 나무를 서로 다투듯이 감으며 올라가 있었고, 농로와 개울을 따라서는 노란 달맞이꽃들이 환

한 얼굴로 나를 반기고 있었다. 그늘진 숲 아래에선 군락을 이루고 있는 달맞이꽃들도 있었는데, 이들은 마치 숲속의 요정이라도 되는 듯 자신을 뽐내고 있었다.

사람들 마음을 치유하는 글쓰기를 하는 정지아 작가는 달맞이꽃을 닮았다. 빨치산 부모를 둔 사람이 어려운 성장기를 거쳐 삶의 굴곡과 시련을 이기고 당당하고 유머 넘치는 멋진 작가로 우뚝 선 모습에서 어두운 숲을 환하게 밝히는 달맞이꽃의 모습이 겹치듯 보인다. 내가 학교에 처음 교사로 들어갈 때, 신원 조회라는 단순한 절차를 겪으면서도 지리산 자락이 고향인지라 나도 모르는 집안 사람 중 내 취업에 걸림돌이 될 사람이 있는 건 아닌지 걱정해 본 경험이 있다. 잠깐 스쳐 간 생각이었지만 그만큼 우리 역사는 굴곡이 많았다.

달맞이꽃은 노화를 늦추고 혈액 순환을 원활하게 해서 고혈압, 고지혈증, 동맥 경화, 뇌졸중, 심근 경색 같은 성인병 예방에 탁월한 효과가 있다고 알려져 있다. 생명력 강하고 사람들의 몸과 마음까지 치유하는 달맞이꽃. 이름과 꽃말이 독특해서 그런지 전해지는 설화도 많다. 그리스 신화에도 있고 아메리카 원주민 설화에도 있는데, 달맞이꽃의 원산지가 아메리카 대륙이니 아메리카 원주민 설화를 소개하면 이렇다.

태양을 숭배하는 원주민 마을에 유독 달을 좋아하는 로즈라는 처녀가 있었다. 로즈는 멋있고 용맹스러운 추장의 아들을 사랑했는데, 마을 축제에서 그는 다른 여인에게 청혼을 하고, 로즈는 다른 남자로부터 청혼을 받는다. 이 마을에는 청혼을 받은 처녀는 절대 거절하면 안 되는 엄격한 규율이 있었지만 로즈는 청혼을 거절하고 뛰쳐나가 버린다. 그에 따른 벌로 귀신 골짜기로 추방된 로즈는 외롭고 두려운 밤마다 달을 보며 추장의 아들을 생각한다. 그 뒤 추장의 아들은 걱정되고 미안한 마음에 귀신 골짜기를 찾아와 로즈를 애타게 찾지만 그곳에는 한 송이 꽃만 피어 있다. 그 꽃이 달맞이꽃이다.

매끈하고 새초롬한 매력, 창포

◦ 분류: 천남성과의 여러해살이풀
◦ 꽃말: 경의, 신비한 사람

#단옷날 #창포 #창포물 #붓꽃 #꽃창포 #노랑꽃창포
#헷갈려 #봄날의_유쾌함

숲 해설사 체험 연수 때 삼락습지생태원과 을숙도 에코센터 등을 방문한 적이 있다. 그 뒤 저수지나 수로의 분위기 메이커인 줄풀과 부들, 애기부들, 물억새와 갈대, 창포와 꽃창포, 노랑꽃창포 등 어릴 때부터 간간이 보아 온 식물들을 조금 더 애정을 가지고 자세히 보게 되었다. 그렇지만 꽃이 없는 채로 보면 뭐가 뭔지 헷갈린다. 이런 물가에 사는 식물들은 도시가 확대되면서 자신들의 영역을 점점 잃어 가고 있다.

참새 그림으로 유명한 화가이자 정원사인 박태후 씨가 쓴 『죽설헌 원림』(열화당, 2014)을 다시 읽었다. 그가 40여 년간 여러 인연을 엮어서 만들어 온 한국식 정원 이야기가 감동적이다. 그중에서도 주변 저지대의 논을 매입해 생태 연못 여섯 개를 만들었다는 이야기와, 그곳에 심거나 자연 발생적으로 생겨난 습지 식물들에 관한 이야기가 특히 인상적이다. 물가에 왕버들과 창포, 노랑꽃창포가 자라고 온갖 연(蓮)들이 계절마다 서로 다투듯이 피어나는 모습을 상상하는 것만으로도 즐겁다. 작은 습지라도 있으면 경제성 있는 공간으로 만들고자 매립하는 것을 당연시했던 우리의 근현대사를 돌아보게 하는 멋진 선택이라 생각한다. 앞으로 전국적으로 제2, 제3의 죽설헌이 말 그대로 우후죽순처럼 생겨나길 기대한다.

시샘 받은 긴 허리

창포는 단옷날 창포물에 머리를 감는 풍습으로 유명하다. 창포 잎을 비벼서 향기를 맡아 보면 좋은 비누나 삼푸에서 날 것 같은 은은한 향이 난다. 그래서 다양한 입욕제나 화장품, 비누 등을 만드는 재료로 쓰인다고 한다.

생명력 강한 식물이지만 최근에는 습지와 수로 등이 점차 사라지고, 꽃의 모양이 이쁘지도 않아 인공적으로 심지도 않는 듯하며, 창포물에 머리 감는 여인들도 사라져 점차 볼 수 없는 식물이 되어 가고

창포

있다. 하지만 창포는 때깔도 좋고 향기도 빼어나다. 그래서 다른 풀들과 함께 있으면 유독 매끈하고 새초롬한 느낌을 준다.

창포를 보았다.

우포늪에 가서 창포를 보았다.

창포는 이제 멸종 단계에 있다고 누가 말했다.

그 말을 슬쩍 못 들은 척하며

풀들 사이에서 창포가 내다본다.

저 혼자 새초롬하게 내다보고 있다.

노리실댁/소래네/닥실네/봉산댁/새촌네/분네/개야네/느미/꼭지/뒷뫼댁/부리티네/내동댁/홈실네/모금골댁/등골댁/소독골네/갈갯댁/순이/봉계댁 우거진 한 쪽에 들병이란 여자도 구경하고 있다.

단옷날 그네 맨 냇가 숲에서

여자들, 쑤군대며 눈 흘기며 삐죽거린다.

그 여자, 천천히 돌아서더니 그만

멀리 가 버린다 창포,

긴 허리가 아름답다.

— 문인수, 「창포」(『쉐치는 산』, 천년의시작, 2004)

문인수는 감각적이고 절제된 서정시인이다. 그는 우리 민족의 전통적 모습을 주로 '고향' 이야기 속에 담아내었다. 하지만 그가 그린 고향은 이제는 도저히 가닿을 수 없는 곳에 있는 듯하다.

그는 시와 소설의 경계를 넘나드는 다수의 시편을 통해 자신의 고향을 설화적 공간으로 그려 냈다. 검둥이와 아버지와 함께 밤을 새워 소도둑을 쫓아가 자기 집 소를 찾아온 이야기를 쓴 「심우도(尋牛圖)」나, 경북 성주인 자신의 고향을 지키고 있는 '방올음산'에 대한 이야기를 그린 「방올음산 이야기」 같은 시는 이제는 가닿기 어려운 고향을 신비스러운 공간으로 그린다. 방올음산은 이른 새벽이나 늦은 저녁에 종소리가 울려 퍼져 온 고을 사람의 정신을 맑게 하고 지친 몸을 추스르게 했다고 한다.

그의 시 「창포」에서도 설화의 한 자락처럼 "노리실댁/소래네/닥실네/봉산댁/새촌네" 같은 정겨운 이름들을 호명한다. 창포는 미끈하고 향긋하다. 그래서 다른 풀들의 시샘을 받나 보다. 샛서방이라도 본 것인지 그네들의 쑥덕거림에 긴 허리를 지닌 창포는 멀리 가 버린다. 뭔가 소중한 것이 사라져

붓꽃

꽃창포

노랑꽃창포

가듯 아쉬운 마음이 든다.

창포? 붓꽃?

창포는 아니지만 창포란 말이 이름에 붙어서 우리를 헷갈리게 하는 꽃들이 있다. 붓꽃과 식물인 꽃창포와 노랑꽃창포가 그들이다. 창포는 천남성과 식물로 손가락이나 소시지 모양을 닮은 꽃이 줄기 중간에 달린다. 하지만 꽃창포는 꽃대 끝에 보라색 꽃이, 노랑꽃창포는 이름 그대로 노란색 꽃이 핀다. 노랑꽃창포는 중국 이름과 일본 이름도 황창포(黃菖蒲)로, 우리와 뜻이 같다. 그리고 꽃창포를 닮은 붓꽃도 있다. 이 셋은 학명에 아이리스(iris)란 말을 공유하는 붓꽃과 식물이다. 그만큼 가까운 사이라는 뜻이다. 붓꽃과 꽃창포, 노랑꽃창포는 꽃이 피기 전에 꽃잎이 말린 모양이 붓과 같다고 해서 붙은 이름이다. 왜 붓꽃과에 속하는지 그 모습을 보면 바로 이해가 된다.

붓꽃과 꽃창포류를 구별하는 가장 좋은 방법은 중앙 잎맥의 유무와 꽃잎 무늬의 차이다. 붓꽃은 뚜렷한 중앙 잎맥이 없다. 반면 꽃창포와 노랑꽃창포는 중앙 잎맥이 뚜렷하고, 이는 창포도 마찬가지다. 아마 이런 점 때문에 꽃창포나 노랑꽃창포가 '창포'란 이름을 얻은 듯하다. 그리고 붓꽃의 꽃잎에는 희고 노란, 둥근 모양의 선명한 그물 같은 무늬가 중앙에 있다. 반면 꽃창포는 꽃잎에 거꾸로 세운 삼각형 모양의 좁은 노란색 무늬가 있다. 노랑꽃창포 꽃잎 무늬는 붓꽃의 그것과 유사하다.

최근엔 공원 형태로 조성된 습지나 수로에 노랑꽃창포를 많이 심는다. 대연수목원 수로나 회동수원지의 습지, 삼락습지 등에서 보는 노랑꽃창포는 사랑스럽고 화려한 꽃과 늘씬한 줄기가 어우러져 봄날의 정취에 유쾌함을 더해 준다. 더불어 수질 정화 기능도 뛰어나다고 하니 금상첨화라 하겠다.

노고단의 '산 가시내', 원추리

◦ 분류: 백합과의 여러해살이풀
◦ 꽃말: 기다리는 마음, 매혹

#지리산 #노고단 #야영 #원추리 #백합과
#하루의_아름다움 #산_가시내 #넘나물

지리산 종주는 산을 찾는 많은 이들이 꼭 해 보고 싶어 하는 것 가운데 하나다. 성삼재, 노고단을 거쳐 천왕봉에 오르고 중산리로 하산하거나 그 반대 경로를 택하는 지리산 종주 길은 국내 최고의 능선 길이라 하겠다.

노고단은 '할미'에게 제사를 지냈던 곳이라 노고단(老姑壇)이 되었다고 한다. 도교에서 '고(姑)' 자는 인류를 처음 탄생시킨 '마고'라는 여인을 뜻한다고 하니 그 뜻이 스민 것이리라. 이 노고단을 여름에 오르면 원추리와 온갖 야생화들이 천상의 화원을 이루고 있다.

지금은 지리산 산행 중 숙박을 하려면 연하천, 벽소령, 세석, 장터목 등에 있는 대피소(산장)를 이용해야 한다. 하지만 1980~90년대엔 노고단이나 세석평전 등 지리산 곳곳에서 야영이 가능했고, 골짜기나 계곡 주변에서 야영용 텐트를 볼 수 있었다. 야생의 공간에서 야영을 하며 진행한 산행은 낭만과 호연지기가 함께한 아름다운 기억으로 남아 있다.

당시에도 산행하면서 수많은 야생화를 만났을 텐데 기억이 별로 없다. 그때는 보았다 하더라도 대부분 이름조차 몰랐다. 역시 존재는 이름을 알아야 정확하게 인식되는가 보다. 그런데 노고단 정상 부근에서 무리를 지어 노랗게 핀 원추리만은 지금도 기억에 생생하다. 녹색 초원에 무리 지어 핀, 바람에 흔들리는 원추리들에서 느껴진 야생의 기운이 무척 싱그러웠다. 끝을 모르게 펼쳐지거나 길게 꼬리를 끌며 산자락을 넘어가는 노고단의 장엄한 운해도 함께 떠오른다. 그 싱그러움과 장엄함 속으로, 지리산의 넉넉한 품으로 다시 빠져들고 싶다.

날마다 비워 내는 근심

6월이 되면 내가 근무하는 성모여고에서도 원추리가 장관을 이룬다. 애초에 누가 심었는지는 몰라도 운동장 왼쪽 성모 동굴이 있는 언덕으로 원추리가 빽빽하게 군락을 이루고 있다. 주변으로 번져 나가는 덩이줄기들을 정리하지 않으면 황령산 꼭대기까지 갈 기세다. 어린잎으로 장아찌를 담그면 한 단지는 나오고도 남을 만큼 많은 원추리가 해마다 제철이 되면 꽃을 피우고 진다.

부산의 도시 자연공원인 이기대 해안가의 원추리도 한 인물 한다. 꽃을 피우면 모진 해풍을 이겨 내고 피어나서 그런지 더 싱그럽고 말쑥하다. 바다를 향해 화사한 얼굴을 내민 모습이 꽃말 '기다리는 마음'과 잘 어울리고, 바람에 살랑거리는 모습은 또 다른 꽃말 '매혹'과 어울린다. 위태로운 벼랑의 여러 틈에서 바다를 배경으로 피어난 원추리는 그곳을 단순한 풍광 이상의 공간으로 만들어 낸다.

백합과 원추리속 식물의 총칭인 '헤메로칼리스(Hemerocallis)'는 그리스어로 '낮'과 '아름다움'의 합성어라고 한다. 하루의 아름다움이란 뜻이다. 영어로는 'day lily'라고 한다. 여름에 잎 사이에서 길게 올라온 꽃줄기 하나에 6~8개의 꽃봉오리가 달리는데, 개화 기간 동안 꽃이 매일 피어나는 것을 반영한 이름으로 보인다.

원추리는 오래전부터 우리 곁에 있어 온, 원시적인 아름다움을 지닌 꽃이다. 일찍이 신동엽 시인은 원추리를 삼한(三韓) 때부터 우리 민족의 온갖 역사를 품어 온, 생명력 넘치는 "산 가시내"라고 불렀다. 그래서인지 꽃이 피기 직전의 그 탄력 넘치는 꽃봉오리를 보면 살짝 두드리기만 해도 옛날이야기들이 주저리주저리 풀려나올 듯하다. 아울러 중국의 영향으로 남다른 의미가 더해지기도 했다. 원추리를 중국에선 훤초(萱草)라 하는데, 근심을 잊게 한다는 뜻이다. 그 영향으로 자식들이 어머니의 근심을 잊게 하려고 집 안에 원추리를 많이 심었다고 한다. 또 여인이 임신을 하면 원추리 꽃봉오리를 머리에 꽂고 다니는 풍습이 있었고, 그래서 의남초(宜男草)로 일컬어지기도 했다고 한다. 원추리의 힘으로 사내아이가 태어난다고 믿었던 것이다.

한편 원추리는 잎이 달고 상큼한 맛이 나서 식용으로도 많이 쓰였다. 잎이 넓다는 뜻으로 '넘나물'이라 불렸으며, 옛날에는 넙나물(광채[廣菜])로도 불렸다 한다. 이른 봄 생명력 넘치는 땅 기운을 받고 솟아

난 원추리의 넓은 잎은 먹을 것 귀하던 시절에 인기 있는 식재료였다. 부챗살 모양으로 올라온 연한 잎을 뜨거운 물에 데쳐서 된장과 고춧가루 등으로 양념해 씹으면 아삭아삭한 맛이 일품이다. 요즘에도 제철 반찬을 잘하는 식당 같은 곳에서 가끔 나물로 내놓기도 한다. 식초에 버무려 먹는 원추리의 맛은 송이버섯 맛보다 낫다는 말도 있다.

뚝뚝 떨어지는 붉은 상징, 동백꽃

◦ 분류: 차나뭇과의 상록 교목
◦ 꽃말: 고결한 사랑, 영원한 사랑, 기다림

#선운사 #동백꽃 #낙화 #인생의_쇠락 #동백_아가씨
#일본_천주교_박해 #포항_구룡포

「선운사」라는 노래가 있다. 마음이 아프거나 힘들 때 G 키로 시작하는 기타 반주를 하며 무수히 마음을 달랬던 노래로, 영원한 가객 송창식이 작사·작곡한 곡이다. 동백꽃이 한창 피는 시기에 전북 고창 선운사나 전남 강진 백련사의 동백 숲을 걸어 본 사람은 이 노래의 가사에 담긴 절절함이 어떤 건지 알 것이다. 한쪽에서는 피어나고 한쪽에서는 채 피지도 않은 붉은 꽃이 꽃송이째 땅바닥으로 뚝뚝 떨어진 모습이라니. 생생한 젊음을 간직한 동백의 낙화는 애절하다.

그런데 요즘은 동백꽃을 바라보는 사람들 시선이 얼마간 바뀐 모양이다. 이기대 둘레길에 떨어져 있는 동백꽃을 보니, 사람들이 꽃송이를 그러모아

하트 모양을 만들어 놓거나, 영어 이니셜로 누구와 누구가 사랑한다는 표시를 해 놓았다. 동백꽃이 이별보다는 사랑을 상징하는 꽃이 된 듯하다.

다산초당 동백나무 맑더니
백련사 동백꽃도 맑다
초파일 연등처럼
동백꽃 점점이 붉다
남도는 동백의 고장
선운사의 동백꽃 그리 곱더니
영랑의 집에도 누이의 댕기마냥
붉디 붉은 동백이 곱다
땅끝 지나 뱃길 따라
노화도, 보길도, 동천석실 오르는 길
쭉쭉 뻗은 가지마다 동백꽃 붉다
꽃이 핀다는 것은
한 세상 건너는 것
뚝뚝 떨어지는 동백의 이별이 맑아서
서편제 구슬픈 소리조차 맑다
뱃노래 사라진 여객선 뱃머리

연분홍 치마 휘날리는

봄날의 청춘도 맑다

— 자작시 「동백, 맑다」

동백꽃이 피고 지는 과정은 우리네 인생과 닮았다. 긴 겨울의 추위를 이기고 자신의 모든 에너지를 모아 꽃눈을 달고 피어나는 꽃은 우리네 첫사랑과 비슷하다. 소중하고 아름다운 결실이 너무도 위태로운 만남이 될 수도 있다. 첫사랑은 마음에 상처를 남기고, 떨어지는 꽃송이처럼 떠나간다. 긴 세월이 지나 웃으면서 그 시절을 추억할 수는 있겠지만, 그때의 아픔은 사라진 것이 아니라 호수처럼 잔잔한 마음속 저 깊은 어딘가에 가두어진 채로 평생 남아 있다.

일본의 동백, 일본인 거리의 동백

1964년에 발표되어 지금까지 사랑받고 있는 이미자의 노래 「동백 아가씨」가 한때는 금지곡이었다. 일본풍이 강하다는 까닭에서였다. 문화에 대한 인식이 시대마다 다를 수는 있겠지만 대중가요에 대한 당시의 잣대는 무지하고 폭력적이었다. 그때

심의를 한 사람이 생각한 일본풍의 실체가 무엇인지는 잘 모르겠지만 베르디의 오페라 「춘희(椿姬)」와 관련이 있을 것으로 짐작된다. '춘(椿)' 자는 참죽나무를 뜻하는 글자지만 여기서는 동백을 뜻하는 일본 이름으로 쓰였으며, 동백의 학명은 '카멜리아 자포니카(Camellia japonica)'다. 여기서 자포니카는 일본이 원산지라는 뜻이다. 독일의 탐험가 엔겔베르트라는 사람이 일본에서 채취해 간 표본에 린네라는 사람이 붙인 학명이라고 한다. 만약 이 탐험가가 한국이나 중국까지 왔더라면 아시아가 원산지라는 표현이 붙지 않았을까? 동백의 원산지가 일본이라고 오해할 만한 학명과 '춘희'라는 일본식 제목 탓에 「춘희」의 우리 식 표현인 「동백 아가씨」가 일본풍이 강하다는 오해를 받은 것으로 생각된다.

일본 규슈의 나가사키현도 동백이 많이 자생하는 지역이다. 나가사키는 영국, 네덜란드 등 유럽의 문화가 들어오면서 여러 가톨릭 성당이 지어지고 신자 수도 많이 늘어났다고 한다. 이에 불안을 느낀 에도 막부가 기독교 금교령과 더불어 박해를 시작하자 많은 기독교인이 나가사키 앞 바다를 병풍처

럼 막고 있는 고토 열도[五島列島]로 숨어들었다. 이들을 '잠복 기독교인'[가쿠레 기리시탄, 隠れキリツタン]이라고 한다. 세월이 흘러 금교령이 해제되자 200여 년 동안 성직자도 없이 신앙을 지켜 왔던 이들은 돌이 많은 곳에서는 돌로, 나무가 많은 곳에서는 나무로 다양한 모습의 성당을 지었다. 그래서 이곳을 '기도의 섬, 신앙의 땅'이라 이른다. 박해를 이기고 지은 고토 열도의 성당들은 추운 계절에 꽃을 피우는 동백과 많이 닮았다.

가톨릭을 상징하는 꽃은 장미꽃이지만 에도 시대에 장미가 없었던 일본에서는 동백꽃을 대신 사용했다고 한다. 다행히 고토 열도는 동백이 많이 자생하는 지역이다. 고토시의 상징 꽃나무도 동백이며, 이곳 공항의 별칭도 '고토 동백 공항'이다. 동백꽃이 피는 이삼월에는 동백 축제와 '동백나무 로드 노르딕 워킹 행사'가 열린다.

아울러 상업화에 뛰어난 일본인답게 천연 동백을 원료로 시세이도라는 화장품 회사에서 인기 상품인 츠바키(椿, TSUBAKI) 샴푸를 만들어 낸다. 그리고 몇 해 전 지인의 부탁으로 나가사키에서 동백나

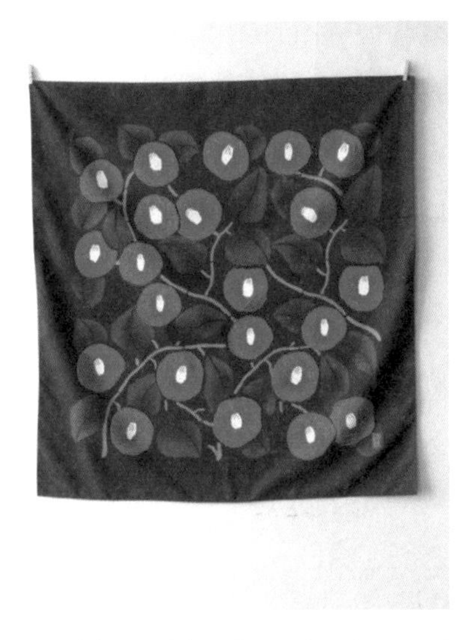

다케히사 유메지의 동백꽃 문양을 넣은 손수건

무로 만든 머리빗을 하나 구입한 적이 있는데 상당히 고가였다. 이 밖에도 동백꽃은 다양한 형태로 상품화되었는데 사랑의 화가라 불리는 다케히사 유메지의 동백꽃 문양 소품들은 오늘날까지 많은 인기를 누리고 있다.

포항 구룡포에 가면 '일본인 가옥 거리'가 있다. 최근 개장한 스페이스워크와 호미곶 등을 구경하러

가는 길에 잠시 들렀다. 전에는 일제 강점기의 쇠락한 어촌 마을 느낌이 들었는데, 그때와 다르게 젊은 친구들이 많이 다니고 아기를 데리고 다니는 가족 단위 여행객도 많아서 무슨 일인가 싶었다. 알고 보니 이 거리가 몇 해 전에 방송된 「동백꽃 필 무렵」이라는 드라마의 배경 공간이었어서 드라마에 나온 카페 '까멜리아'와 그 주변이 인기 있는 관광지가 되어 있었던 것이다.

까멜리아에서는 동백꽃 모양을 활용해 디자인한 손수건, 앞치마, 필통, 에코백 등 다양한 기념품을 팔고 있었고, 동백꽃 모양을 예쁘게 입힌 머랭쿠키도 팔고 있었다. 아내가 쿠키에서 눈을 떼지 못해 사 먹었더니 맛있다고 감탄을 한다. 미술관이나 박물관 등을 다녀 보면 우리나라의 상품 디자인 수준이 많이 좋아졌다는 걸 느끼는데, 지역의 작은 관광지에서도 젊은 세대에게 어필할 수 있는 좋은 디자인의 제품을 보게 되어 마음이 즐거웠다.

그리움의 한길, 능소화

◦ 분류: 능소화과의 낙엽 덩굴나무
◦ 꽃말: 그리움, 기다림, 명예

#여름 #골목길 #능소화 #태양과_경쟁 #끝없는_그리움

능소화는 토담이나 기와 담장과 잘 어울리는 꽃이다. 여름에 골목을 걷다가 담을 넘어서 꽃차례를 아래로 늘어뜨린 능소화를 만나면 그날은 기분이 좋다.

'능소(凌霄)'의 뜻은 '하늘을 능멸하다', '하늘을 침범하다', '하늘을 오르다' 등이다. 그래서 능소화는 그 이름처럼 어디든 의지할 곳만 있으면 끝까지 기어올라 가는, 하늘에 닿을 듯한 식물이다. 내가 사는 아파트 단지에도 능소화가 몇 군데 있다. 그중 한 동 앞의 능소화는 현관 쪽 돌출부와 베란다를 타고 오르는데 지난여름에는 6~7층 정도까지 올라가 있었다.

이렇듯 능소화는 뜨거운 여름, 태양과 경쟁이라도 하듯 피어난다.

直饒枝幹凌霄去(직요지간능소거)

猶有根源與地平(유유근원여지평)

不道花依他樹發(부도화의타수발)

强攀紅日鬪鮮明(강반홍일투선명)

— 양회, 「능소화(凌霄花)」
(기태완, 『꽃, 피어나다』, 푸른지식, 2015, 699쪽)

풀이

곧고 두터운 많은 줄기 하늘을 향해 오르는데

여전히 뿌리의 근원은 땅과 함께 나란하네

꽃이 다른 나무에 의지해 핀다고 말하지 말라

힘차게 끌어 잡고 붉은 해와 선명함을 다투네

중국의 가장 오래된 시집인 『시경(詩經)』에 실린 시들을 비롯해 오래된 중국의 시에서는 다른 물건이나 나무 등을 타고 오르는 능소화를 간신이나 아첨꾼에 비유한 경우가 많다. 그런데 이 양회의 시는 그런 시들과 전혀 다른 시각을 드러낸다. 자신의 근본을 굳게 지키면서 하늘을 향해 오르는 능소화의 모습에서 강인한 기상을 느낀다. 감히 어떤 식물

여름날에 활짝 핀 능소화

이 태양과 선명함을 다툴 수 있을까?

어떻든 능소화는 오랫동안 중국의 많은 시인이

시에 담아 온 꽃이다. 높은 곳을 오르는 것이 쉽지 않았던 시절에는 능소화가 하늘을 향해 피어오르는 모습에서 다양한 영감을 받았을 듯하다. 속세를 떠나는 것도 같고, 해를 떠받드는 모습 같기도 했을 것이다. 혹은 남에게 의지해 기생하는 사람들을 떠올렸을 수도 있겠다.

그리움은 끝없이 이어지리

그림을 그리다 보면 사물을 자세히 보게 된다. 능소화는 10개 내외의 원추 꽃차례에 달려 다섯 갈래로 갈라진 꽃잎을 깔때기 같은 화관이 받치고 있다. 꽃받침은 날카롭게 5개로 갈라진다. 암술은 하나이고 수술은 4개인데 2개 정도만 보인다. 능소화는 학명 자체가 '구부러진 수술을 가진 큰 꽃'이란 뜻일 정도로 수술이 잘 안 보인다. 꽃이 떨어질 때는 깔끔하게 빠진다. 마당에 떨어진 능소화 꽃잎은 여름에 운치를 더한다.

능소화는 동네 골목길이나 도로 주변 등에서 흔히 볼 수 있는 꽃이지만 조선 시대에는 양반가에서나 키울 수 있었기에 양반꽃으로 불렸다고 한다. 조선 후기 능소화에 대한 기록들을 보면 중국 연경(지금의 베이징)에서 가져온 귀한 꽃이며, 한양에서 볼 수 있는 곳은 추사 김정희의 증조부 김한신의 집 월성위궁(月城尉宮)이나 영의정 심상규의 집 등이었다고 한다.

능소화의 대표적 꽃말은 '그리움'이다. 하룻밤 인연이었던 임금님이 다시 자신을 찾아 주기를 기다리다 쓸쓸히 죽어 간 궁녀 '소화'가 자신의 처소 담장에 능소화로 피어났다는 이야기 때문이다.

능소화를 볼 때마다 생각난다
다시 나는 능소화, 하고 불러본다
두 눈에 가물거리며 어떤 여자가 불려 나온다
누구였지 누구였더라
한번도 본 적 없는 아니 늘 담장 밖으로 고개를 내밀던
여자가 나타났다
혼자서는 일어설 수 없어 나무에, 돌담에
몸 기대어 등을 내거는 꽃
능소화꽃을 보면 항상 떠올랐다

곱고 화사한 얼굴 어느 깊은 그늘에
처연한 숙명 같은 것이 그녀의 삶을 옥죄고 있을 것이란 생각
마음속에 일고는 했다

어린 날 내 기억 속에 능소화꽃은 언제나
높은 가죽나무에 올라가 있었다
연분처럼 능소화꽃은 가죽나무와 잘 어울렸다
내 그리움은 이렇게 외줄기 수직으로 곧게 선 나무여야 한다고
그러다가 아예 돌처럼 굳어가고 말겠다고
쌓아올린 돌담에 기대어 당신을 향해 키발을 딛고
이다지 꽃 피어 있노라고

굽이굽이 이렇게 흘러왔다
한 꽃이 진 자리 또 한 꽃이 피어난다

— 박남준, 「당신을 향해 피는 꽃」(『적막』, 창비, 2005)

'버들치 시인' 박남준에 의해 능소화 전설이 시로 다시 태어난 듯하다. 높은 가죽나무 위에 올라

피어난 능소화, 내 그리움은 이처럼 외줄기 수직으로 올라 있어야 하고, 차라리 망부석이 되더라도 당신을 향한 그리움은 오로지 한길이어야 한다는 다짐을 노래한다. 한 꽃이 지더라도 또 한 꽃이 피어나듯 그리움은 끝없이 이어지리라는 노래가 피맺힌 절절함으로 다가온다.

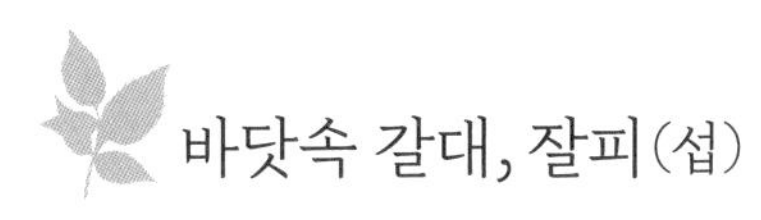

바닷속 갈대, 잘피(섭)

◦ 분류: 해수에 잠겨서 자라는 속씨식물

#섭자리 #섶 #잘피 #수생_식물 #낚시와_인생
#미국쑥부생이 #외래종

섭자리는 '섭(섶)'과 '자리'의 합성어로, 용호동 선착장 부근의 조그마한 포구 마을을 가리킨다. 내가 어릴 때는 '잘피'(seagrass)라 부르는 수생 식물이 그 마을 앞바다를 가득 채우고 있었다.

바다에서 나는 풀도 풀이라 이들을 '섶'이라 불렀다. 섶은 작은 나무나 풀을 뜻한다. 섶보다는 발음이 부드러운 '섭'이 언중의 선택을 받았을 것이다. 그렇게 해서 불리게 된 섭자리는 바다풀, 곧 잘피가 나는 자리라는 뜻이다.

잘피는 다시마나 미역 같은 해조류와는 달리 잎과 줄기, 뿌리 기관을 지닌 여러해살이풀을 말한다. 잎이 작은 갈대나 벼 같은 모습을 하고 있는데, 섭자리 앞바다의 잘피는 전라도 해안에 있는 잘피류처럼 부추나 난초 같은 모습을 하고 있다.

낚시할 때 이 잘피를 한 덩어리씩 뽑아 올리면 뿌리 속에 갯지렁이가 다니는 길이 미로처럼 얼기설기 나 있고, 거기에 지렁이들이 한두 마리씩 숨어 있곤 했다. 이 지렁이를 미끼로 낚시를 하면 다양한 물고기들이 연이어 올라왔다.

섭자리 앞바다에는 꼬시래기가 많았다. 꼬시래기는 민물과 바닷물이 만나는 기수역에서 사는 문절망둑의 경상도식 이름이다. 일부 사람들은 문저리라고도 했다. 섭자리 해변 마을과 잘피밭이 만나는 자리에서 무리를 이뤄 사는 꼬시래기들은 갯지렁이, 크릴, 돼지고기, 밥알 등 미끼 비슷한 것만 낚싯바늘에 꿰어 던져 주면 마구 물었다. 미끼가 없으면 잡아 둔 꼬시래기를 토막 내 던져도 잘 물었다. "꼬시래기 지 살 뜯는다."는 말이 여기서 나왔다.

꼬시래기가 아무리 작아도 낚싯바늘에 걸려 올라올 때는 손끝으로 전해져 오는 목숨 붙은 것의 파닥거림이 짜릿한 쾌감을 준다. 이 쾌감에 중독되면 계속 낚시를 하게 된다. 그러다 생명의 가치를 생각하게 되면서 낚시를 잘 하지 않게 되었다. 그래도 「도시 어부」 같은 방송의 출연자들이 경험하는 짜릿한 손맛의 즐거움은 잘 알고 있다.

낚시는 인생과 비슷한 속성이 있다. 자기 마음대로 월척을 잡을 수 있는 인생이라면 모든 일이 순탄하고 돈도 잘 벌어서 금세 부자가 될 것이다. 하지만 월척은 쉽게 잡히지 않는다. 월척을 낚으려면 좋은 장비를 준비해야 하고 포인트를 잘 찾아들어가야 한다. 조류와 물때, 수온도 맞아야 한다. 다행히 입질을 받아서 끌어 올린다 해도 물고기가 바늘에서 빠지거나 줄이 끊어지기도 한다. 다 끌어 올려서 뜰채에 담는 순간 바늘 털이를 하거나, 갯바위에 안착한 놈이 몸부림을 치며 파도 속으로 점프하기도 한다. 그러니 월척을 잡으면 손맛의 기쁨과 함께 짜릿한 전율까지 온몸으로 느끼는 것이다.

세계화 시대의 이주 식물들

섭자리의 대표 먹거리는 흔히 아나고라 불리는 자연산 붕장어다. 이를 즐길 수 있는 맛집들과 함께 주변에 용호별빛공원이 있고, 또 광안대교부터 해운대 달맞이고개까지 펼쳐지는 화려한 야경도 볼 수 있어서 섭자리는 이기대를 찾는 사람들이 많이 거쳐 가는 곳이다.

섭자리를 지나 남부하수처리장 가까이에 조성된 게이트볼장과 공원 길 주변을 걷다 보면 철에 따라 다양한 꽃들을 볼 수 있다. 연휴를 맞아 모처럼 공원 길 주변을 걷다 보니 화사한 꽃 무더기가 바람에 흔들리고 있다. 못 보던 꽃이라 자세히 보니 쑥부쟁이처럼 생겼는데 꽃의 크기가 조금 작고 줄기를 따라 꽃을 촘촘히 피워 마치 봄날의 조팝나무 같다. 검색해 보니 미국쑥부쟁이다. 공원 길을 따라 씨앗이 퍼졌는지 군데군데 보이는 파스텔 톤의 화사한 꽃 무리가 바람과 어우러져 가을의 정취를 더한다.

미국쑥부쟁이는 여러해살이풀로 한곳에 자리를 잡으면 왕성한 생명력으로 주변을 점령해 간다고 한다. 우리 쑥부쟁이에 비해 포기가 크고 수백송이의 꽃이 한꺼번에 피어나 생물 다양성을 훼손한다는 이유로 가시박, 환삼덩굴, 돼지풀, 단풍잎돼지풀, 서양등골나물 등과 함께 생태계 교란 식물로 지정되었다.

미국쑥부쟁이 말고도 주변을 돌아보니 망초,

개망초, 쑥부쟁이, 돼지풀 등이 앞다투어 자신의 존재감을 드러낸다. 저들 중 누가 토종이고 외래종인지 헷갈린다. 철에 어울리지 않게 민들레도 곳곳에 피어 있는데 역시 외래종이다. 문득 새로 조성된 공간에 외래종 식물이 많다는 느낌이 든다. 이기대같이 고유종들이 생태계의 조화를 이룬 곳에서는 외래종이 잘 보이지 않는다. 그러고 보니 그간 외래 식물을 많이 봤던 곳들은 대부분 대규모 개발이 진행된 곳 같다. 삼락생태공원, 해운대 APEC나루공원, 부산시민공원 등에서 귀화 식물을 제법 많이 본 기억이 난다. 심지어 성모여고 산자락에서도 망초류나 토끼풀, 털별꽃아재비 등을 비롯해 미국자리공, 돼지풀, 도깨비가지, 가시박 같은 외래 식물들이 보인다.

이러니 외래종은 제거하고 토종은 보호해야 한다는 논리를 펴기가 어렵다. 제거가 쉽지도 않다. 다만 건강한 생태계를 파괴할 우려가 있다면 생태계 교란 식물로 지정해 집중적으로 관리해야겠다. 이는 토종 식물에게도 마찬가지로 적용돼야 할 것이다.

3부

바다와 벼랑을 지키는 여린 존재들

#부산 #이기대 #바다와_숲
#바닷가_들꽃 #질긴_생명력

초대하는 말

내가 사는 곳은 부산이다. 전에는 부산에 산다고 하면 부모님이 어업에 종사하시느냐고 묻는 사람이 많았다. 요즘도 그런 생각을 하는 사람이 있을지 모르겠지만 어업을 하는 사람은 부산에서도 만나기 힘들다.

우리 집에서 길을 나서면 왼쪽으로는 남천동을 거쳐 광안리 해변으로 이어지고 오른쪽으로 가면 이기대에 닿는다. 해안 산책로를 따라가면 바닷가를 따라 오륙도까지 이어진다. 산 쪽으로 오르면 동생말 중턱에 있는 백련사나, 관해정에서 장자산 정상으로 이어지는 트레킹 코스를 따라가게 된다. 이

길의 동쪽으로 광안대교와 동백섬, 해운대 전체를 바라볼 수 있는 경쾌한 조망이 이어진다.

도시 자연공원인 이기대는 동해안을 따라 강원도 고성 통일전망대까지 이어지는 유명한 해파랑길의 출발점인 오륙도와 붙어 있다. 이기대의 시작점이 오륙도다. 반대 방향에서 보면 이기대의 끝이 바로 오륙도해맞이공원이 되는 것이다.

이기대는 바다에 접한 언덕이다. 이곳은 약 8천만 년 전 화산 활동으로 형성된 화산암 및 퇴적암 지층이 파도에 의해 침식되면서 바위 벼랑, 너럭바위, 돌개구멍, 해식 동굴 등 다양한 암석 지형을 이루게 되었다. 이런 지형과 바다가 상호 작용을 하며 이기대만의 독특한 생태계가 형성된 것이다. 더불어 이기대가 도시공원으로 개방되기 전까지 군사 보호 구역으로 묶여 있었던 덕에 자연환경이 잘 보존되어 왔다. 그러는 가운데 이기대의 다양한 식물들은 소금기를 머금은 바닷바람, 파도, 태풍 등에 적응하며 자기만의 삶의 방식을 찾아내 질박하게 살아가게 되었다.

이기대의 야생화에는 바다를 뜻하는 '갯-'이란

말이 붙은 것이 많다. 갯완두, 갯까치수영, 갯쑥부쟁이, 갯고들빼기, 갯메꽃 등. 그리고 대체로 키가 작거나, 아예 바위나 해안가 암석을 따라 바닥에 붙어 기어가듯 자라기도 한다. 이런 식물들은 여려 보이지만 해안 생태계를 지키는 첨병들이다. 자기들끼리 의지하고 부지런히 종자를 퍼뜨려 군락을 이룬다. 덩치를 키워 소금기 머금은 바람과 태풍을 이겨 내려는 생존 전략일 것이다. 이기대 야생화의 또 다른 특징은 종류가 다양하고 대부분 자생 식물이라는 점이다. 전문가가 아니라서 그 이유를 정확히는 모르지만 각 식물들 나름의 번식 전략을 통해 수많은 시간을 다양하게 이겨 내 온 결과물이 아닐까 한다.

나는 개인적으로 6월의 해안 길을 좋아한다. 조금 덥기는 하지만 땀 흘리는 상쾌함을 수시로 느낄 수 있고, 다양한 색상의 많은 야생화가 눈을 즐겁게 하기 때문이다. 해안의 바윗길과 흙길, 경사로를 오르락내리락하다 보면 풍경이 계속해서 바뀌고, 자신을 봐 달라는 듯이 나타나곤 하는 바닷가 특유의 야생화들이 발길을 붙잡는다.

이 시기에 인동과 나리, 원추리 종류는 막 꽃을

피운다. 인동덩굴과 갯까치수영의 하얀 꽃들이 다소곳이 자리 잡은 바닷가나, 진황색 하늘나리와 진노랑 원추리 등이 형성한 곳곳의 군락지들, 참나리가 서식지로 택해 강렬한 주황색 꽃들을 피운 해안가 벼랑은 자연이 우리에게 선사하는 살아 있는 미술관이다. 특히 가을이 깊어질 때, 해파랑길이 시작되는 잘룩개 해안에서는 옛날부터 자생해 온 해국과 갯고들빼기, 털머위 무리를 볼 수 있다. 해 질 무렵 산행을 마치고 오륙도 쪽으로 내려갈 때 만나는, 가을옷으로 갈아입은 벼랑의 억새들을 배경으로 연보랏빛 해국 및 노랑색이 선명한 갯고들빼기와 털머위가 이루는 조화는 진한 여운을 남긴다.

이렇게 바다와 숲을 삶터 가까이에서 한꺼번에 누릴 수 있다는 건 내 삶의 행운이다. 어린 시절부터 지금까지 수십 년 동안 이기대를 끼고 살았다. 중부 지방이나 내륙에서는 만날 수 없는 다양한 식물들을 만나고 그들의 해안가 적응기를 살펴볼 수 있는, 그래서 그들의 질긴 생명력과 함께 바다와 어우러진 독특한 아름다움을 느낄 수 있는 이기대. 나에겐 늘 고마운 놀이터다.

시련을 이기는 힘, 인동덩굴

◦ 분류: 인동과의 반상록 덩굴성 식물
◦ 꽃말: 사랑의 인연

#추운_겨울 #인동덩굴 #당초무늬 #인동꽃 #인내와_극복

인동덩굴은 야산, 집을 둘러싼 담장, 이런저런 울타리 등 여러 곳에서 만날 수 있는 덩굴성 식물이다. 개인적으로 가장 빼어난 인동덩굴을 만날 수 있는 곳은 이기대 해안가라고 생각한다. 해안 벼랑을 따라 찔레꽃, 갯완두, 부처꽃, 사스레피나무, 갯까치수영 등과 어우러져 있는, 순백과 노란색이 섞인 인동덩굴의 꽃은 숲속의 정령 같은 청아한 느낌을 준다. 청초하고 아름다운 인동꽃을 보면 저절로 휴대전화 카메라를 꺼내 든다. 꽃이 핀 구도가 늘 다르고 흰색과 노란색의 조화도 그때그때 달라서 조금이라도 더 아름다운 사진을 얻고자 함이다.

부처꽃 열반에 들어 고요하고
풀잎을 부여잡은 안개 속에서

갯바람 이기고 피어나는 인동꽃
해무(海霧)는 인생길 같아서
나아갈 길 잘 보이지 않는데
발 닿는 곳마다 날카로운 벼랑길
인생의 벼랑길은 꽃 피우는 자리라고
하얀 꽃 노란 꽃 다투듯 아우성이네.

— 자작시 「인동(忍冬)」

인동덩굴의 옛 이름은 겨우살이넌출이라 한다. 온난한 남부 지방에서 일부 줄기와 잎이 겨울에도 푸른 상태로 살기 때문에 반상록 식물로 분류된다. '인동(忍冬)'은 푸른 잎을 단 채 혹독한 겨울을 넘긴다는 뜻이니 식물의 생태와 어울리는 이름이다. 이런 생태를 비유로 활용해 인내와 끈기를 갖고 곤경을 이겨 내는 사람을 흔히 인동초 같다고 한다.

인동꽃은 처음에는 흰색이다. 그러다 수분이 끝나고 시간이 지나면 노란색으로 변해 벌들의 수고를 덜어 준다. 그사이에도 계속 꽃이 피어나기 때문에 희고 노란 꽃이 함께 존재해 '금은화(金銀花)'로도 일컬어진다.

인동덩굴은 우리 생활 곳곳에서 알게 모르게 많이 보이는데, 덩굴이 뻗어 나가는 모양을 형상화한 당초문(唐草紋) 혹은 당초무늬의 모델이 바로 인동덩굴이다. 당초무늬란 식물의 덩굴이나 줄기를 일정한 모양으로 도안화한 장식 무늬다. 인동, 포도, 모란, 국화, 석류 등의 기하학적이고 다양한 모습이 문양으로 쓰였지만 그중 인동덩굴 문양이 가장 많다. 유럽에서도 도자기 등의 장식으로 인동덩굴과 꽃을 활용한 문양을 그려 넣는다. 우리 집에도 열대지방의 인동덩굴을 그려 넣은 도자기가 있는 것으로 보아 전 세계적으로 인동덩굴의 매력을 인정하는 것 같다.

인동덩굴 중에는 아메리카 지역이 원산지인, 붉은 꽃이 피는 붉은인동이 있다. 일반적인 인동덩굴은 한자리에서 꽃을 2~4개 정도 피우는데, 붉은인동은 가지 끝에 여러 송이의 꽃을 동시에 피운다. 주로 조경용으로 많이 심는다. 개인적으로는 꽃의 모양이나 향기가 여느 인동꽃보다 못하다고 생각한다.

노주인(老主人)의 장벽(腸壁)에
무시(無時)로 인동(忍冬) 삼긴물이 나린다.

자작나무 덩그럭 불이
도로 피여 붉고,

구석에 그늘 지여
무가 순돋아 파릇하고,

흙냄새 훈훈히 김도 사리다가
바깥 풍설(風雪)소리에 잠착하다.

산중(山中)에 책력(冊曆)도 없이
삼동(三冬)이 하이얗다.

— 정지용, 「인동차(忍冬茶)」
(권영민 엮음, 『정지용 전집 1: 시』, 민음사, 2016)

시에서 인동꽃의 은은한 향이 전해 온다. 노주인은 추운 겨울 산중에서 홀로 인동 차를 마시며 겨울을 견디고 있다. 인동은 차의 재료를 뜻하면서도 동시에 겨울을 참고 견딘다는 뜻도 함께 담긴 것으로 읽힌다. 자작나무를 땔감으로 쓰는 지역이라면 북방의 추운 땅일 것이다. 삼동이라는 추운 계절을 인동 차를 마시며 넘어간다. 눈보라 속에서도 따스한 방 안에서는 무의 노란 순이 돋는다. 화자는 감정을 배제하고 배경과 노인의 행위만으로 모든 것을 말하고 있다. 다시 피어나는 자작나무의 불꽃과 파릇하게 돋아난 무순처럼 추운 겨울로 상징되는 역경을 이겨 내리라는 희망이 보인다. 세상이 아무리 혹독해도 세월을 잊고 하얀 눈처럼 맑고 깨끗하게 세상을 살겠다는 다짐도 읽힌다. 일제 강점기라는 혹독한 시대를 살아온 시인의 고뇌가 느껴진다. 쓸쓸한 바닷가 바위틈에서 차가운 해풍을 온몸으로 견디며 자연의 섭리에 순응하는 인동의 모습이 떠오른다.

스파르타의 용감한 전사, 돌가시나무

◦ 분류: 장미과의 낙엽 관목
◦ 꽃말: 희망, 평화, 하얀 미소

#태풍 #이기대_해안_길 #돌가시나무 #찔레꽃과_구분 #굵은_가시와_억셈 #정찰병의_운명 #생명력

태풍 힌남노가 지나간 이기대 해안 길을 걷는다. 해마다 그렇지만 태풍이 지나간 바닷가에는 쓰레기 산이 남는다. 잘게 부서진 스티로폼이 바닷가 산자락을 가득 덮고, 국적조차 알기 어려운 다양한 플라스틱 통들이 바다를 떠돌다가 낯선 부산의 바닷가에 정착한다. 다양한 크기와 모양의 나뭇가지들과 통나무들도 바닷물에 닳고 닳은 모습으로 바위틈에 끼어 있거나 그 위에서 나뒹굴고 있다.

나는 그 나뭇가지들이 지나온 시간과 길을 가만히 떠올려 본다. 대만의 중앙산맥 한 줄기에서 불어난 계곡물에 쓸려 타이루거협곡을 통과한 나뭇가지 하나가 오키나와 제도 옆 동중국해를 지나고 대마도를 거쳐 우리나라 바닷가에 닿았으리라. 혹은 백두산 금강대협곡 원시림의 계곡물에 휩쓸린 나뭇가지가 압록강을 따라 흐르다 유속이 약해지는 만포시 주변 강변의 풀숲에 걸려 1년쯤 지냈는데, 큰물에 쓸려 다시 움직이기 시작해 하류로 흐르다 강변에서 수영하고 있는 단둥 시민들 발에 툭툭 차이다가 마침내 황해로 나오고, 노을 지는 황해를 떠다니다 바람 많이 부는 어느 날 우리나라 해안에 닿았으리라.

부산역 앞에 가면 출판사 창비에서 만든 복합문화 공간 창비부산이 있다. 편하게 다양한 책을 읽거나 전시를 볼 수 있고, 책 관련 문화 행사 참여나 체험을 할 수 있는 곳이다. 이곳에서도 긴 여정을 마친 나뭇가지들을 만날 수 있는데, 바닷가로 떠내려온 나뭇가지들을 주워서 만든 미술 작품 같은 조명이 천장에 달려 있기 때문이다. 부산의 근대 유산인 구 백제병원 건물에 세련된 디자인을 입혀 재탄생한 곳이니만큼, 그 세월의 무게를 조명 하나에도 입혀 놓은 듯해 눈길이 간다.

태풍이 지나간 하늘은 쓰레기 산을 이룬 바닷가와 달리 청명하다. 저렇게 맑은 하늘을 본 적이 있나 싶을 정도다. 건강해 보이는 구름의 작은 씨앗들이 모여 초가을 하늘을 경쾌하게 흘러간다. 태풍은 청소부다. 쓰레기를 몰고 오기도 하지만 오랫동안 쌓인 곳곳의 퇴적물을 확 뒤집어엎고, 하늘에 갇혔던 먼지와 오염 물질도 날려 버린다. 그 덕에 신선한 산소가 공급된다.

척박함을 덮은 억셈

이기대 해안가에는 맑은 날씨에 어울리는 식물들이 꽤 있다. 잎에서 광택이 자르르 흐르는 도깨비고비나, 바닷가 돌 틈이나 바위 위에 자리 잡은 돌가시나무가 대표적이다.

돌가시나무는 우리나라 전역의 야산에서 자란다고 하지만 이기대 해안가만큼 널리 분포된 곳은 드물다. 하얀 꽃과 노란 수술이 예쁜 돌가시나무는 찔레나무를 닮았다.

나무 자체도 그렇지만, 돌가시나무 꽃과 찔레꽃도 구분이 쉽지 않다. 어린 시절 찔레꽃만 보고 자란 사람은 돌가시나무 꽃을 그냥 찔레꽃으로 여길 정도다. 혹은 나처럼 구분은 했어도 그 이름을 모를 땐 바닷가에서 자란다는 뜻에서 갯찔레 정도로 짐작할 수도 있다. 하지만 꽃이 핀 두 나무를 다 본 사람은 헷갈릴 일이 없다. 돌가시나무 꽃은 한 송이씩 따로 피고, 찔레꽃은 여러 송이가 한꺼번에 뭉쳐서 피기 때문이다.

돌가시나무는 바닷가 돌밭을 기어가듯 자란다. 척박한 환경에서 성장해서 그런지 녹색 잎의 색감이 강렬하고 가시가 굵다. 페르시아의 백만 대군과 맞서 싸우던 스파르타의 최정예 전사를 그린 영화 「300」(2007)을 연상하게 한다. 강렬한 그리스 마초들이 휘두르는 창검처럼 돌가시나무의 가시도 억세게 뻗어 있다.

어느 날 해안가를 걷다가 문득 돌가시나무가 눈에 띄지 않는다는 사실을 깨닫는다. 해안가에서도 바다와 가장 가까이에서 자라는 정찰병 같은 식물의 운명인 걸까? 스파르타의 용감한 최정예 전사 같던 돌가시나무들이 태풍 힌남노와 난마돌에 전멸하고 말았다.

이 밖에도 해안가 식물 중에선 파도에 녹아내리고, 계곡물에 쓸리고, 토사에 파묻힌 것이 많을 것이다. 생명의 힘은 강해서 시간이 지나면 언제나처럼 자신의 영역을 회복하겠지만, 돌가시나무의 녹아내린 밑둥치나 말라 버린 앙상한 가지를 바라보는 마음은 안타깝다.

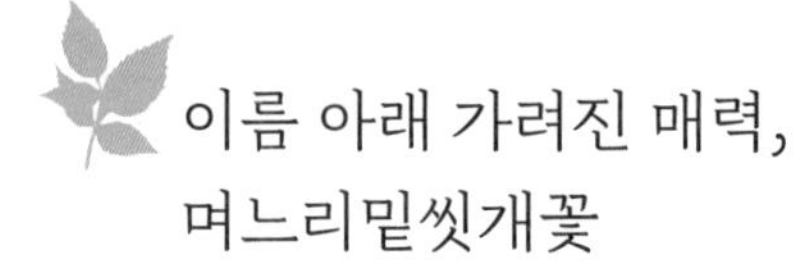

이름 아래 가려진 매력, 며느리밑씻개꽃

◦ 분류: 마디풀과의 덩굴성 한해살이풀
◦ 꽃말: 시샘, 질투

#며느리밑씻개 #소매군락 #숲의_온기 #사광이아재비
#반생명적_이름 #개명해야

나태주 시인의 시 「풀꽃」은 세상 모든 존재가 자신만의 고유하고도 소중한 가치와 아름다움을 지니고 있다고 말한다. 이런 따스한 시 한 편은 경제적으로는 결코 환산할 수 없는 가치가 있다. 꽃에 한정해서 이 시와 어울리는 대상을 찾으라면 나는 꽃마리나 별꽃, 며느리밑씻개꽃 등을 꼽겠다.

여름에 이기대 장자산을 오르면 며느리배꼽과 며느리밑씻개, 며느리밥풀까지 며느리 삼총사를 한 번에 만나곤 한다. 며느리와 얽힌 이름에는 사연도 많고 한도 많다. 우리는 왜 그렇게 며느리를 멸시해 왔을까? 모든 며느리는 누군가의 귀한 딸이고 어머니며 아내인데 이해가 되지 않는다. '사위질빵'이라는 식물이 있는데, 이는 장모의 사위 사랑이 반영된 이름이라 이런 식물 이름에서조차 남녀 차별적 요소를 발견한다.

억세고 거친 가시를 지닌 식물을 밑씻개로 명명하거나 며느리의 배꼽에 비유한 것은 작명 과정의 오류이거나 혹은 우리가 알지 못하는 사연이 배어 있어서일 듯하다. 그런데 워낙 존재감이 없는 풀이라서 그런지 그 까닭이 제대로 밝혀지지 않은 것 같다.

며느리밑씻개는 숲의 가장자리에서 숲의 건조화를 막고 인간의 접근을 제한하는, 혹은 황폐화된 땅을 덮어 치유되게 하는 '소매군락(hem community)'을 이루는 식물이다. 가시메밀, 사광이아재비라고도 이른다. 닭의장풀과 함께 산길, 들길, 밭이나 마당가 등 우리 삶의 공간 어디에서나 흔하게 볼 수 있는 풀로, 꽃은 크기가 꽤 작다. 그래서 며느리밑씻개꽃의 모양이 어떤지 자세히 살피는 사람은 거의 없다. 하지만 곁으로 지나가다가 손이나 다리가 가시에 긁히면 몹시 고통스럽기 때문에 존재감이 없지는 않다. 이런 특징 때문에 시어머니가 미운 며느리에게 밑씻개로 주었다는 설이 있는데, 그러면서도 부인병에 좋다고 하니 그 이름의 정확한 유래가 궁금해진다.

찾아보니 김종원 교수가 쓴 『한국 식물 생태 보감』 1권(자연과생태, 2013)에 설명이 있다. 1920년까지의 자료에선 그 이름이나 단초가 될 만한 것이 없다가 1921년 『조선식물명휘(朝鮮植物名彙)』라는 책에 "마마꼬노시리누구이(継子の尻拭い)"라고 기록된 게 나왔다고 한다. 그런데 이건 "계모에게 학대받는 아들의 궁둥이 닦기"나 "의붓자식 따돌리기" 정도의 뜻이며, 여기서 의붓자식을 며느리로 대신한 것이 며느리밑씻개라는 설명이다. 왜 며느리란 말을 넣게 됐는지는 명확하지 않은데, 사광이풀을 며느리배꼽이라 하게 되면서 그 영향이 있었던 듯하다.

바뀐 인식, 바뀔 이름

며느리배꼽과 며느리밑씻개는 생김새가 매우 유사하다. 제거하기 힘든 풀이라는 공통점도 있다. 오죽하면 사광이(살괭이 또는 삵)라는 말이 붙었을까. 땅을 향하고 있는 억센 가시가 삵과 같이 날카롭다는 뜻이리라.

그리고 며느리배꼽은 꽃이 열매처럼 생겨서 열매 이미지가 강하다. 며느리배꼽의 꽃을 본 사람은 산책을 자주 하고 관찰력이 뛰어난 사람이라 할 수 있다. 꽃을 둘러싼 엽상 포가 살짝 열리고 그 안에 오돌토돌 꽃이 피는데 무척 귀엽다. 꽃이 지면 짙은 군청색 열매가 보석처럼 달리고, 그 속에 까맣고 반짝이는 씨앗이 들어 있다.

이렇듯 며느리배꼽은 줄기나 잎을 보면 사광이풀이란 명칭이 어울리고, 꽃을 보면 며느리배꼽이란 이름도 어울린다. 시댁 식구들이 며느리의 배꼽을 보기는 쉽지 않고, 보더라도 살짝 엿보는 정도일 테니, 그만큼 며느리배꼽의 꽃은 보기 어렵다는 점에서 그 이름과 뜻이 통한다고 할 수 있다.

꽃만 따지면 며느리밑씻개꽃이 훨씬 화려하다. 크기는 작아도 연분홍 꽃망울들이 하나씩 톡톡 터지면 숲에 따스한 온기가 감돈다. 며느리배꼽이 사광이풀이 되는 바람에 그 사촌 격인 며느리밑씻개는 사광이아재비가 되었다. 아재비는 조금 다르거나 조금 못난 것이라는 뜻인데, 사실 두 식물 중

누가 더 잘나고 못나고 따지는 건 부질없는 일이리라.

아무쪼록 시대에 맞지도 않고 비논리적이며 반생명적인 며느리배꼽이나 며느리밑씻개란 이름은 이제 바뀌어야 하지 않을까. 나로선 사광이풀이나 사광이아재비가 더 어울린다고 생각한다.

색의 농도를 더해 가는 병꽃나무

◦ 분류: 인동과의 낙엽 관목
◦ 꽃말: 전설, 비밀

#병꽃나무 #평범하고_수수한_매력 #삼색병꽃나무
#자기만의_색깔 #오후의_꽃 #물아일체

병꽃나무는 진달래나 철쭉처럼 산길에서 자주 마주치는 나무다. 피기 전의 꽃 모양이 뒤집어 놓은 호리병처럼 생겨서 병꽃나무라는 이름이 붙었다고도 하고, 가을에 맺는 열매가 날씬한 술병을 닮아서 그런 이름이 붙었다고도 한다. 불두화나 백당나무와 같이 인동과에 속하며, 가지가 낭창낭창한 점이 서로 비슷하다. 잎의 모양이 수국 종류와 유사해서 찾아보니 범의귀과에 속하는 수국과는 갈래가 다르다.

사실 병꽃나무 꽃은 북한 화가들이 그린 그림 속 꽃들처럼 진하고 흔한 붉은색을 띠다 보니 약간 촌스럽다는 느낌이 있었다. 하지만 볼수록 새로운 매력을 느끼게 된다. 어린 시절 함께 자랐던 사촌 누이들이나 이모들 같은 평범하고 수수한, 정이 있었던 사람들에게서 느꼈던 매력을 그 꽃들에게서 느낀다.

자료를 찾아보니 병꽃나무는 인동과의 붉은병꽃나무, 통영병꽃나무 등을 통틀어 이르는 말이기도 해서 그 하위 종류가 10종이 넘을 만큼 다양하다고 한다. 그중 내가 본 건 병꽃나무, 붉은병꽃나무, 삼색병꽃나무, 이렇게 세 종류다. 병꽃나무 꽃은 색깔이 연노란색으로 시작해 점차 붉은색으로 변하고, 꽃잎 안과 밖의 색깔에 차이가 있다. 붉은병꽃나무 꽃은 처음부터 꽃잎의 안팎이 모두 붉은색이다.

삼색병꽃나무 꽃은 처음에 꽃봉오리가 맺힐 때는 새하얀 색이었다가 점점 분홍색을 띤 뒤 연한 붉은색으로 변한다고 한다. 하지만 그 변화를 본 적이 없던 나는 꽃이 애초부터 세 가지 색깔로 각각 피어나는 줄 알았다. 올해도 성모여고에 있는 '헬렌의 집' 앞 삼색병꽃나무의 꽃이 피는 모습을 매일 관찰했지만 헷갈린다. 한 가지 분명한 건 꽃이 피는 초기엔 붉은색 꽃이 보이지 않는데, 그걸 보면 색깔이 변해 간다는 이야기가 맞는 것 같다. 이렇게 꽃이 성장할수록 자기 색의 농도를 더해 가듯 우리도 연륜이 쌓일수록 자신만의 아름다운 색깔을 더 진하게 지니면 좋겠다는 생각을 해 본다.

홀로 남은 존재가 주는 그리움

붉은병꽃나무는 원예용으로 많이 심는 나무라 학교 화단에도 있고 대연수목원에도 있다. 삼색병꽃나무는 대연수목원이나 이기대 산책길에서 볼 수 있고, 대양고등학교 뒷산 쪽에도 소규모 삼색병꽃나무 군락이 있어 산책길에 가끔 만나곤 한다. 이 중 대연수목원의 삼색병꽃나무는 수령이 제법 되어서 수피가 굴참나무처럼 코르크 형태로 되어 있고 줄기도 굵어서 씩씩한 장군처럼 보인다.

이기대의 삼색병꽃나무는 어울마당 옆 바닷가에 나무로 지은 나지막한 단층집을 둘러싸고 있다. 세월이 오래되어 나무의 크기가 상당하다. 얼마 전 이 집이 철거되고 그 자리에 작은 공원이 생겨 벤치도 몇 개 설치되었다. 공원은 공공의 것이라 머리로는 당연하다는 생각이 든다. 하지만 가슴으로는 아늑하고 고독했던 그 집과 울타리를 둘러 피었던 분꽃과 금계국 모습이 아련하다.

분꽃은 여름 꽃이며, 오후의 꽃이다. 여름에 이기대 해안 길 산책은 주로 오후에 한다. 이기대 해안이 동쪽을 향하고 있어 오후에 가야 그늘이 지기 때문이다. 분꽃은 오전에 피었다 지는 나팔꽃과 생태가 반대다. 해가 비치면 꽃잎을 닫았다가 오후에 다시 꽃을 피운다. 그래서 영어 이름이 'four-o'clock'이다. 오후에 그 단층집 앞을 지나면 울타리 안팎으로 분꽃이 꽃잎을 활짝 열고 있다. 어릴 때 고향집 마당에서 보았던 모습 그대로 수수하고 소박하게 피어 있다.

그 집은 사라졌지만 분꽃과 삼색병꽃나무는 그대로 남았다. 남은 것은 아득한 그리움을 불러일으킨다. 그 집에 깃들어 살았던 사람들은 더 큰 그리움을 안고 살아갈 것이다. 저물녘 그 집 앞을 지날 때마다 환하게 빛나던 꽃불이 그립다.

낮

술 마시다 그 자리 그대로 스러지고 싶은 날 창밖
병꽃나무에 자꾸 눈이 간다 힐끗힐끗 눈이 가는 횟

수만큼 취기가 오른다 바람이 불고 병꽃도 붉어지
는데 스러진다는 말이 무너진다는 말보다 아득히
느껴지는 것은 적막 때문일까

밤

빗소리가 하늘에 매달린 술병처럼 출렁거린다 풍
경 소리 들린다 날아가는 물고기가 안주여서 더욱
좋은 날 함께 날아갈 채비를 하며 듣는 빗소리만큼
술잔에 내려앉는 허기에 마음조차 붉어지고 있다

봄날은 간다

— 김영준, 「병꽃나무」(『물고기 미라』, 북인, 2018)

김영준 시인은 무한한 세계인 자연을 관조의 대상으로 그렸다. 무심한 듯 자연물을 그리고 있지만 그는 초월을 꿈꾸는 듯하다. 자신의 내면으로 이끄는 화자의 생각을 짐작하기는 어려워도 마음의 끝자락을 따라가다 보면 그 뜻을 알 수 있으려나?

시인의 예리한 감각은 자연의 작은 움직임에도

반응을 한다. 술 마시는 하루의 낮 시간 동안 병꽃나무 꽃은 붉어지고 화자는 고요함 속에서 자연과 하나가 되어 간다. 세속의 욕망을 끊어 내듯 날아가는 물고기를 안주 삼아 병꽃나무 꽃처럼 붉어지는 마음에 풍경(風磬) 소리가 들린다. 그렇게 봄날은 간다.

물아일체의 경지일까? 화자 앞에 놓이면 술잔이든, 찻잔이든, 물잔이든 모두 자연의 일부가 된다. 하늘에서 내리는 비도 술이 되어 취기를 돋우고, 흔들리는 풍경 속 물고기는 그대로 술안주가 된다. 풍경에 취한 화자의 마음마저 병꽃나무 꽃처럼 붉어진다. 풍경과 함께 우화등선(羽化登仙)하는 시간이 곧 올 듯하다.

숲속의 파란 나비, 닭의장풀(달개비)꽃

◦ 분류: 닭의장풀과의 한해살이풀
◦ 꽃말: 그리운 사랑, 순간의 즐거움

#닭의장풀 #달개비 #파란_나비_닮은_꽃 #새앙쥐
#강한_생명력 #자가_수분

소나기가 지나간 해안가 숲은 싱그럽다. 도깨비고비, 돌가시나무, 물봉선화 등과 함께 어우러져 피어난, 물기가 채 가시지 않은 닭의장풀꽃은 숲에 싱그러움을 더한다.

닭의장풀은 여름 숲의 귀족이다. 평소엔 흔한 잡초 취급을 받는 데다 농사에 도움이 전혀 안 되는 귀찮은 풀로 인식되지만, 꽃이 피는 7~8월에 물기 머금은 개울가나 숲 가장자리, 길섶에 핀 꽃을 자세히 들여다보면 얼마나 매력적인지 모른다. 소나기라도 지나가면 물방울이 맺힌 파란 꽃잎의 청초함에 발길을 멈추게 된다. 꽃대 하나에 핀 꽃 한 송이, 그 파란 꽃잎과 노란 수술, 길게 뻗은 흰 수술대와 암술대, 연푸른 꽃받침 등이 귀족스러움을 더한다.

화단가에서
이기대 해안가 숲길에서
무심히 피어나는
달개비, 그저 그런

소나기 지나간 여름 숲
빗방울 몇 개 달고
파란 나비가 난다

톡, 톡,
태곳적부터 감싼
파란 보자기를 풀어 내며
신령스러운 나비가 난다

— 자작시 「달개비, 그저 그런」

닭의장풀꽃을 보면 파란 나비가 연상된다. 숲 속을 점점이 밝히고, 단조로운 갈맷빛 일색의 지루해지기 쉬운 여름 숲에 신선한 활력을 불어넣는 꽃. 파란 나비 한 마리가 우아한 날갯짓으로 유영하고 있는 듯도 하고, 한편으로는 볏을 멋지게 세운 장닭이나 싸움닭 같아 보이기도 하며, 남색 쾌자를 입고 푸른 두건을 쓴 양반가 도련님 같기도 하다.

귀
쫑긋
새앙쥐
달개비가
바다 빛깔을
울타리 아래에
풀어 놓고 있어요
여름을 내려놓고 있어요

— 김미혜, 「파란 달개비」(『꽃마중』, 미세기, 2010)

주로 동시를 써 온 김미혜 시인은 닭의장풀(달개비)꽃을 새앙쥐라고 표현했다. 파란 꽃잎을 큰 귀, 그 가운데를 얼굴로 보았나 보다. 파란 꽃이 울타리 아래로 바다 빛깔을 풀어 놓고, 여름을 내려놓고 있다는 표현이 싱그럽다. 사람마다 닭의장풀꽃을 어떤 모습으로 볼지, 무엇을 연상할지 궁금해진다.

비 온 뒤의 닭의장풀꽃

그러고 보면 이름의 유래도 궁금하다. 옛날에 시골에서는 닭장을 땅바닥에서 조금 띄워서 만들었는데 그 밑이나 주변에 이 풀이 많아서 그런 이름이 붙었나 싶기도 하고, 꽃잎 모양이 닭의 볏처럼 생겨서 그런 이름이 붙었나 싶기도 했다. 하지만 『한국 식물 이름의 유래』에서는 『조선식물향명집(朝鮮植物鄕名集)』이나 『동의보감(東醫寶鑑)』에서 줄기의 단면

이 닭의 창자 같다는 뜻에서 유래했다는 설을 밝히고 있다. 우리나라 전역에 분포하는 풀이어서 그런지 지방에 따라 부르는 이름은 다양하다. 대표적 별칭인 달개비부터 시작해서 닭개비, 달래개비, 닭의꼬꼬, 계장초(鷄腸草, 닭의 창자 풀), 압척초(鴨跖草, 오리가 밟는 풀) 등 많은 이름이 있다. 닭을 비롯해 주로 날개 달린 동물과 연관된다는 점이 흥미롭다.

생명력 있는 흔함의 고귀함

닭의장풀은 생명력이 강하고 무척 흔하다. 초록의 계절인 7월, 온 들판과 숲길이 유난히 초록 초록한데도 거기에 작고 앙증맞은 코발트블루 빛깔의 꽃들이 점점이 피어 있다면 그 꽃은 닭의장풀꽃일 가능성이 높다. 그만큼 많이 보인다는 말이다. 생명력이 강해서 스킨답서스처럼 줄기의 마디마디에서 뿌리를 내릴 수 있기도 하다. 그래서 아파트 화단, 시골집 마당 구석, 밭이나 길가, 풀밭 등 어디에서나 흔히 보이기 마련이다.

닭의장풀꽃의 수술은 특이하게도 종류가 세 가지다. 첫 번째는 파란 꽃잎과 대비되는 노란 수술이

다. 이는 곤충을 유혹하기 위한 가짜 수술(헛수술)이다. 두 번째는 암술 뒤에 있는, 곤충이 와서 먹는 짧은 수술이다. 세 번째는 곤충이 두 번째 수술을 먹을 때 꽃가루를 묻히게 되는 수술로, 암술 하나를 사이에 두고 두 가닥이 길게 뻗어 있다. 헛수술 3개, 짧은 수술 1개, 길게 뻗은 수술 2개로, 수술이 모두 6개나 된다.

이렇게 다양한 수술을 갖추고도 수분을 못 하게 되면 긴 수술 2개가 암술을 부둥켜안고 빙글빙글 꼬며 자가 수분을 한다고 한다. 그래서 더 흔한지도 모르겠다. 닭의장풀에게 흔함은 생명력의 증거, 생명력은 흔함의 원동력인 셈이다.

성숙함이 주는 매혹, 참나리

◦ 분류: 백합과의 여러해살이풀
◦ 꽃말: 순결, 깨끗한 마음, 변하지 않는 아름다움

#참나리 #나리꽃 #성숙한_아름다움 #함성과_군무
#바다와_야생화 #마음속_점들

'나리'는 백합(百合)의 우리말이다. 흔히 우리는 나팔 모양의 외래종 흰 꽃을 백합이라 부른다. 백합은 땅속의 비늘줄기가 여러 겹으로 합쳐 있는 것에서 나온 이름이다. 성모여고 위쪽 프란치스코 수녀원 동산의 하얀 백합들은 꽃대를 내 키보다도 높게, 도도하게 세우고 피어난다. 꽃도 아름답지만 긴 가죽 주머니 같은 씨방도 독특한 아름다움을 지녔다.

우리나라에 다양한 나리가 있지만, 나리 중의 나리가 바로 참나리다. 산에서 흔히 만날 수 있어 산나리라고도 하고, 호랑나리라고도 한다. 이 밖에도 '나리'라는 이름이 붙은 백합과 식물이 상당히 많다. 참나리와 비슷하지만 주아(珠芽, 구슬눈)가 없는 중나리, 그보다 키가 작은 털중나리, 꽃이 땅을

백합의 씨방

보고 피는 땅나리, 노란땅나리, 잎이 솔처럼 가는 솔나리, 큰솔나리, 꽃이 하늘을 보고 피는 하늘나리, 잎이 말리는 말나리, 하늘말나리, 섬말나리, 꽃잎의 반점이 뻐꾸기의 목덜미 무늬와 닮은 뻐꾹나리 등 우리 땅에는 다양한 나리가 살고 있다.

그렇다면 개나리도 나리일까? 우리가 알고 있는 개나리는 올리브나 미선나무, 수수꽃다리, 쥐똥

나무 같은 물푸레나뭇과의 관목으로, 백합과의 나리와는 전혀 다른 식물이다. 개나리의 원래 이름은 '가지꽃', '개나리나무' 등이었다. 이름이 바뀐 이유에 대해서는 논란이 많은데 명확하게 밝혀진 건 없는 듯하다. 개인적으론 꽃의 모양은 나리꽃 종류와 유사한데 꽃이 작고 덜 화려해서 그런 이름이 붙은 게 아닐까 싶기도 하다.

바다를 향한 매혹적인 함성과 군무

참나리는 다양한 곳에서 만날 수 있는데 내게는 이기대에서 자생하는 야생의 참나리가 가장 매력적이다. 바다색과의 조화 때문이기도 하겠지만 이기대에서 자생하는 야생화들은 대체로 색상이 강렬하다. 참나리 꽃잎의, 립스틱을 바른 듯한 강렬한 색깔과 주근깨처럼 점점이 박힌 많은 점들. 봄에 피어나는 꽃들이 풋풋한 청춘의 향과 색을 지녔다면, 한여름 강렬한 태양 아래 피어나는 참나리꽃은 중년 여인에게서 느껴지는 성숙한 아름다움을 지녔다.

이기대 해안가를 걷다 보면 메아리 같은 것이 들려오기도 한다. 바위 절벽 곳곳에서 피어나 일제히 바다를 향해 함성을 지르듯 열어젖힌 참나리의 꽃잎들에서 울려 나온 소리가 메아리치는 것이다. 그리고 어떤 날은 진한 남색의 바다와, 어떤 날은 옅은 하늘빛 바다와, 또 어떤 날은 짙게 깔린 해무와 어울려 가지각색의 매력을 뽐내는 참나리꽃들의 군무가 여름날의 특별한 풍광으로 다가온다.

큰 태풍 같은 것만 없으면 이기대의 참나리는 해마다 꾸준히 개체 수를 늘려 가는 것 같다. 주로 꽃을 피우는 장소가 사람들이 접근하기 어려운 바위 절벽인 영향도 있겠고, 잎겨드랑이에 달리는, 구슬눈이라 불리는 주아에 의한 독특한 무성 생식 덕이기도 하겠다. 줄기 하나에 수십 개씩 달린 주아가 떨어져 해안가 바위틈에서 싹을 틔울 수 있기에 개체 수가 쉽게 증가하는 듯하다.

한 번 보면 잊을 수 없는, 표범 문양의 점들이 매혹적인 참나리꽃. 그 문양을 보다 보면 자연스레 마음속의 점들이 떠오른다. 어떤 점들은 세월이 가면 흐릿해지기도 하지만 어떤 점들은 시간이 지날수록 더 선명해지기도 한다. 다시 그 시간이 온다면 절대 그러지 않을 거라는 돌이킬 수 없는 실수나,

타인에게 주었던 상처들, 당당하지 못했던 선택 등 아쉽고 상처가 되는 일들이 멍에가 되어 마음에 점을 찍는다.

좋은 일들은 점이 되지 않는다. 그 일을 회상할 때 파스텔 톤의 행복한 기억들이 서서히 번져 나간다. 그래서 가족이 필요하고 좋은 벗들이 필요하다. 서로 위로하며 진한 점들을 묽게 만들고, 좋은 일들로 서로를 물들인다. 참나리꽃을 보며 사람들을 떠올리는 이유다.

가을날의 어울림, 구절초와 쑥부쟁이

◦ 분류: 국화과의 여러해살이풀
◦ 꽃말: 구절초_ 순수, 가을 여인 | 쑥부쟁이_ 기다림, 그리움

#이기대_백련사 #구절초 #쑥부쟁이 #들국화류
#작고_여린_것들에_대한_애정

이기대성당에서 섭자리 쪽으로 이어진 산허리 길을 따라가다 보면 산 위로 철 사다리가 놓인 좁은 길이 나온다. 이 길을 따라 정상 쪽으로 오르면 절이라기보다는 암자에 가까운 백련사라는 사찰을 만난다. 백련사는 그 앞이 막힌 곳 없이 뻥 뚫려서 광안대교와 해운대 쪽이 상쾌하게 펼쳐져 보인다.

백련사로 오르는 길에는 계절에 따라 진달래, 산자고, 땅채송화, 며느리밥풀, 구절초, 미역취, 각시붓꽃, 산박하 같은 식물들의 소박한 꽃들을 다양하게 만날 수 있다. 그중 구절초는 산행객의 마음을 사로잡는 산속의 미인이다. 장소에 따라서는 군락을 이루기도 하는데, 한두 포기 혹은 대여섯 포기만 있어도 거기서 핀 하얀 구절초꽃이 밋밋한 숲의 풍경을 환히 밝힌다. 줄기나 꽃대의 모양도 미학적 완성도가 높아서 한참을 들여다보게 한다. 꽃대 하나에 외로이 피어나서 서두르는 법 없이 존재만으로도 주변 숲을 밝히는 꽃, 성품이 맑아서 다른 들풀들과 함께 어울리긴 하지만 쉽게 어우러지지는 않는 고고한 성품을 지닌 꽃, 그것이 구절초꽃이다.

가을에 이기대에 와서 보면 바다와 숲이 만나는 해안 길 이곳저곳에서 구절초와 쑥부쟁이 꽃들이 경쟁적으로 피어난다. 산속보다는 햇살이 좋고 개방감도 있어서 부끄럼쟁이 구절초꽃도 제법 무리를 지어 피어난다. 그래도 구절초꽃은 한 포기 한 포기 따로 피어나 말쑥한 성인 같은데, 쑥부쟁이꽃은 한 포기에서 나온 여러 연보라색 꽃들이 서로 자기를 먼저 봐 달라고 다투듯이 얼굴을 내밀다 보니 해맑은 유년기 아이들 같다.

구절초와 쑥부쟁이는 따로 있어도 매력적이지만 함께 어우러져 있을 때 색의 조화 덕분인지 더욱 빛이 난다. 여기에 카리스마 넘치는 연보랏빛 해국까지 어우러지면 해안 산책길은 지루할 틈이 없다.

쑥부쟁이 같은 들국화류는 관심을 갖고 보지 않

으면 그 이름을 구분하기가 쉽지 않다. 어떤 대상이든 관심을 갖고 바라볼 때 매력을 더 잘 알게 된다. 누군가를 사랑하게 되면 그의 온갖 모습이 더 아름답게 보이는 것도 같은 이유에서다. 학교에서 학기가 시작될 때 아이들을 처음 만나면 탐색전을 하게 되고, 그 해의 학교살이가 어떨지 가늠해 보게 된다. 하지만 아이들 이름을 하나하나 알게 되고 애정을 담아 그 이름을 부르다 보면 어느새 끈끈한 유대감이 형성되고, 걱정보다는 기대와 응원의 마음이 싹튼다.

작고 여린 것들에 대한 애정

구절초는 중양절(음력 9월 9일)이 되면 줄기가 아홉 마디가 된다고 해서 구절초(九節草)란 이름이 붙었다고 한다. 홀수는 음양 사상으로 볼 때 양수(陽數)에 해당한다. 양수가 겹치는 날은 매우 길한 날이라 여겨 명절로 지냈는데, 설날(음력 1월 1일), 삼짇날(음력 3월 3일), 단옷날(음력 5월 5일), 칠석(음력 7월 7일) 등이 이에 해당한다. 그중 양수인 9가 겹친 음력 9월 9일을 중양(重陽)절이라 하였다. 이날에는 사람들이 단풍 명소나 국화가 있는 곳을 찾아 서로 국화주를 권하며 건강을 축원하는 풍습이 있었다.

일본에서는 구절초를 '조선 들국화'[朝鮮野菊]라고 한다는데, 그만큼 구절초는 우리나라 들국화의 대표 선수라 할 수 있다. 백의의 민족이라는 상징성과도 잘 어울리는 꽃이다.

한편 쑥부쟁이는 '쑥을 캐러 다니는 대장장이(불쟁이)의 딸' 이야기에서 유래한 이름이라는 설이 있고, '쑥'과 '부쟁이'의 합성어로, 여기서 부쟁이는 취나물 종류를 말한다는 설도 있다.

이 두 식물은 안도현 시인의 시 「무식한 놈」에 나오듯 구별하기가 어려울 수 있다. 자기가 사는 지역의 일정한 장소에서 계속 보면 구별이 그렇게 어렵지 않겠지만, 타지에서 만난다면 색깔이나 꽃의 형태가 미묘하게 다른 유사종이 많아서 구별이 힘들다. 특히 쑥부쟁이는 갯쑥부쟁이, 개쑥부쟁이, 까실쑥부쟁이, 가는쑥부쟁이, 단양쑥부쟁이, 섬쑥부쟁이 등 종류가 다양한데, 이러한 여러 종류를 아스터(Aster) 속으로 통합 분류하기도 한다. '별'을 뜻하는 아스터는 방사상으로 뻗은 꽃잎의 모양 때문에 붙은 이름으로, 180여 종이 있다고 한다. 대부분 신비로운 보라색과 청색을 지닌 국화 종류다.

구절초와 쑥부쟁이를 비교할 때 가장 차이가 나는 점은 꽃과 잎사귀의 모양이다. 구절초는 대체로 꽃이 하얗고 잎사귀는 국화 잎 모양이다. 줄기는 곧고, 꽃대에 달리는 꽃의 개수가 적다. 반면 쑥부쟁이는 꽃이 연보라색이고, 줄기 하나에 꽃이 많이 달려서 줄기가 거의 쓰러질 정도가 되곤 한다. 잎사귀는 약간 긴 타원형의 톱니 모양이다.

작은 야생화들을 들여다보고 여러 미세한 차이를 확인하며 변별하다 보면 자연스레 이런 생각에 다다르곤 한다. 들꽃에 대한 관심은 결국 작고 여린 존재들에 대한 애정이며, 주변의 소외된 것들에 대한 응원이라는 생각 말이다. 이들의 존재를 인식하는 것은 자연과 사람을 이해하는 것과 통하며, 주변의 사물과 사람에 대해 애정을 품는 것과도 통한다고 믿는다.

낙엽 진 숲속의 벗, 털머위

◦ 분류: 국화과의 상록 여러해살이풀
◦ 꽃말: 한결같은 사랑

#털머위 #생명력 #노란_꽃 #정열 #그리움의_표상 #꽃과_바다

문현고가교 아래에 있는 털머위들이 온갖 먼지와 매연으로 뒤덮인 채 차량들이 일으키는 바람에 흔들리고 있다. 방금 집에서 나오며 봤던 아파트 화단의 싱그러운 녹색 잎과 황금빛으로 일렁이던 꽃잎과는 너무도 대조되는 도심의 살풍경이다. 자연을 곁에 두지 못하고 다람쥐 쳇바퀴 돌듯 살아가는 우리네 모습도 도심의 털머위와 다를 바 없는 것 아닐까?

내가 사는 아파트는 오래되고 낡았지만 단지가 크고 주차장이 지하에 있어서 정원이 잘 조성되어 있다. 우리 집 앞에서부터 중앙공원까지 이어지는 산책로의 좌측, 우측, 중앙에도 화단이 있는데, 중앙에는 벚나무, 소나무, 살구나무 등의 나무를 중심으로 각종 영산홍 종류가 군데군데 심어져 있다. 건너편 화단에는 아왜나무, 배롱나무, 먼나무, 가이즈카향나무, 남천 등이 있고, 우리 집 쪽으로는 산딸나무, 느티나무, 동백나무, 구실잣밤나무, 참빗살나무 등 키가 큰 수종이 많아서 그늘이 넓게 진다. 그 그늘진 자리에 비비추와 옥잠화, 털머위가 군락을 이루고 있다.

늦가을에 이 그늘진 화단가를 따라 걷다 보면 앙상한 나뭇가지들 탓에 쓸쓸함이 느껴진다. 이때 따스한 온기를 전하는 것이 바로 털머위다. 나뭇잎 떨어진 화단에 발랄한 생명력을 선사하는 노란 꽃을 피우기 때문이다. 그래서 털머위는 늦가을 산책길의 좋은 벗이다.

머위를 닮았지만 줄기에 있는 털 때문에 얻은 이름 털머위. 원산지는 우리나라 울릉도나 제주도를 비롯한 남부 지방과 대만, 일본 등 아시아 지역이다. 바닷가나 숲속, 그늘진 습지에서 주로 자란다. 바닷가에서 주로 자라 갯머위라고도 한다. 꽃은 늦가을부터 초겨울에 피며, 노란 꽃과 어우러지는 두껍고 반짝반짝 빛나는 잎의 조화가 아름답다.

털머위는 동백나무 숲길이나 바닷가 산책로에서도 가끔씩 만난다. 가끔씩 만난다는 것은 평소에 그들이 그곳에 있는지도 인식하지 못해서 그렇다. 가을이 깊어지고 노란 꽃을 피울 때에야 비로소 그들의 존재를 느낀다.

이기대 해안 길을 따라 오륙도 방향으로 끝까지 가면 바다 쪽으로 오륙도 스카이워크가 있다. 늦가을에 그 옆으로 난 벼랑길을 따라가다 보면 절벽을 따라 햇살에 반짝이는 억새를 배경으로 노란 꽃들이 가득 피어 있는 모습을 볼 수 있다. 속세를 떠난 듯 대한 해협을 향해 가득 피어난 털머위와 갯고들빼기 꽃의 노란빛이 푸른 바다색과 어우러져 따듯한 남쪽 바다의 정열을 느끼게 한다. '한결같은 사랑'이라는 꽃말처럼 털머위꽃은 아득한 그리움을 피워 낸다. 그걸 받아 내고 있는 바다는 영원한 그리움의 표상이다.

군데군데 있는 해국 무리도 털머위나 갯고들빼기 군락과 어우러져 다양한 색채의 향연을 펼친다. 해국의 연보랏빛 꽃잎은 그 자체로도 아름답고, 바다를 향한 바위 위에서 피어나 바다와 조화를 이룬

모습도 무척 아름답다. 다양한 꽃과 바다의 만남, 꽃빛과 바닷빛의 이질적인 만남이 기묘한 미감을 선사한다.

낙엽 진 숲속의 벗, 털머위

절망의 끝자리에 피는 꽃, 해국

◦ 분류: 국화과의 여러해살이풀
◦ 꽃말: 역경에 굴하지 않음, 기다림, 침묵

#해국 #태풍 #강인한_생명력 #땅끝 #절망을_희망으로
#화양연화

해국이 자라는 곳은 태풍의 자리다. 아름드리 소나무와 참나무 가지가 태풍의 힘에 꺾일 때에도 해안가 바위 벼랑에서는 야생의 꽃들이 피어난다. 제대로 된 땅도 없는 바위 벼랑에 둥근바위솔, 갯고들빼기, 참나리, 해국 등이 피어난다.

벼랑을 만나면 뿌리와 뿌리, 줄기와 줄기가 아래로 이어지며 매달리고, 결국은 꽃을 피워 내는 해국의 강인한 생명력에 감탄한다. 짧지만 탄탄한 줄기, 두툼한 잎과 꽃으로 무장하고 세찬 바람을 이겨 낸다. 여름의 태풍과 끝없이 불어오는 해풍을 이겨내고 가을부터 겨울까지 연보랏빛 꽃을 피우는 모습은 지사(志士)의 풍모를 느끼게 한다. 절벽에 서서 면 바다를 바라보는 의연한 모습은 땅끝에서 희망을 밝히는 푸른 등대 같다.

해국과 바다를 바라보며 이곳 절벽에 다녀갔을 사람들을 생각한다. 바다는 무수한 사연을 품에 안고 어떤 이에게는 축복을, 어떤 이에게는 위로를 건넸을 것이다. 인생이 허무하고 절망으로 가득할 때, 많은 이가 바다를 찾는다. 이곳은 땅끝이다. 땅끝에 서서 몰아쳤다 돌아가는 파도를 바라보며 무기력했던 마음들을 비워 간다. 절망의 끝에 희망이 있다. 더는 쓰러질 자리조차 남지 않았다고 절망할 때, 그곳에 희망의 꽃이 핀다. 해국은 그런 꽃이다.

산너머 고운 노을을 보려고
그네를 힘차게 차고 올라 발을 굴렀지
노을은 끝내 어둠에게 잡아먹혔지
나를 태우고 날아가던 그넷줄이
오랫동안 삐걱삐걱 떨고 있었어

어릴 때는 나비를 쫓듯
아름다움에 취해 땅끝을 찾아갔지
그건 아마도 끝이 아니었을지 몰라

그러나 살면서 몇번은 땅끝에 서게도 되지
파도가 끊임없이 땅을 먹어들어오는 막바지에서
이렇게 뒷걸음질치면서 말야

살기 위해서는 이제
뒷걸음질만이 허락된 것이라고
파도가 아가리를 쳐들고 달려드는 곳
찾아나선 것도 아니었지만
끝내 발 디디며 서 있는 땅의 끝,
그런데 이상하기도 하지
위태로움 속에 아름다움이 스며 있다는 것이
땅끝은 늘 젖어 있다는 것이
그걸 보려고
또 몇번은 여기에 이르리라는 것이

— 나희덕, 「땅끝」(『그 말이 잎을 물들였다』, 창비, 1994)

'땅끝'은 우리나라 최남단의 마을 이름이기도 하지만 이 시에서는 화자가 처한 삶의 절망적 상황을 뜻한다. 땅끝이라는 시작과 끝의 경계점에서 좌절과 고통 속에 깨닫게 되는 삶의 아름다움과 희망을 찾고 있다. 어린 시절 화자는 꿈과 희망을 상징하는 고운 노을과 아름다움을 찾지만, 노을은 어둠에 잡아먹히고, 파도가 땅을 먹어 들어오는 땅끝에 서게 된다. 삶은 더 나아갈 길 없는 낭떠러지에 있고 파도는 나를 향해 달려든다. 하지만 이런 땅의 끝에 아름다움이 있다는 역설적 인식에 도달하고, 삶의 절망에서 벗어날 힘을 얻게 된다.

결국 이 시는 우리 인생에 대한 이야기다. 삶에는 수많은 시련과 위태로움이 존재한다. 어린 시절 꿈꾸었던 이상을 실현하는 것은 쉽지 않다. 청년기를 거치고 성인이 될 때까지 수많은 시행착오와 좌절을 겪게 된다. 인생을 대신 살아 줄 사람도 없으며, 고통을 대신 짊어질 사람도 없다. 그런 시간들을 스스로 개척하고, 절망을 희망으로 바꾸어 가는 것이 인생이다. 삶의 희망은 주어지는 것이 아니라 스스로 찾아가는 것이다. 삶의 세찬 풍파가 몰려올 때, 자신의 힘으로 또는 이웃과 연대하는 힘으로 그것을 이겨 낼 때 인생의 화양연화(花樣年華, 인생에서 꽃처럼 아름다운 시절)에 이를 수 있다. 삶의 땅끝에 이른 많은 사람이 오늘도 땅끝을 찾아 절망을 이겨 낼 힘을 되찾고 있을 것이다.

海菊之妓壹 2021.10.17.

4부

동산에 서서 일깨우는 감각

#일터 #성모여고
#성모동산 #깨어_있기

초대하는 말

성모여고를 둘러싼 황령산 아래 자락을 성모동산이라고 부른다. 옛날 성모동산은 공간이 꽤 넓었는데 많은 부분을 부산여자대학과 동의대학에 넘기고 지금은 많이 줄어들었다. 이 성모동산을 지나면 프란치스코 수녀원이 나온다. 정식 명칭은 '마리아의 전교자 프란치스코 수녀원'으로, 이곳을 둘러싼 오솔길과 뒷산 풍경이 아름답다. 매화와 동백을 시작으로 철마다 피어나는 온갖 꽃들로 눈이 즐겁다. 청빈과 친환경적인 삶을 지향하고, 설립 초기부터 세계 선교를 목적으로 했던 우리나라 최초의 여자 수도회답게 우리 자생 식물은 물론이고 유럽을 비롯한 다양한 원산지의 식물들을 주변에 심었던 것 같다.

이런 학교와 환경에서 교사로 일할 수 있다는 것 자체가 내게 행운이었다고 생각한다. 오랜 시간 잘 가꾼 예쁜 동산이 있고, 수녀님들과 봉사자들의 노력으로 풀꽃과 나무가 풍성한 아름다운 공간을 계절마다 만날 수 있기 때문이다. 점심을 먹고 나면 많은 선생님들과 행정실 분들이 성모동산으로 향한다. 날씨가 좋을 때는 학생들도 삼삼오오 모여 동산을 오르는데 10대 특유의 맑고 높은 음색으로 숲에 생기를 불어넣는다. 성모동산을 거쳐 수녀원 뒤로 십자가의 길 14처를 따라 한 바퀴 돌면 오전의 피로도 많이 풀리고 정신도 맑아진다.

봄부터 여름까지 십자가의 길을 따라가는 오솔길에는 눈에 보일 듯 말 듯한 꽃마리, 별꽃, 개별꽃, 주름잎꽃, 봄까치꽃 등이 피어난다. 더불어 화사한 민들레, 고들빼기, 미나리아재비, 바위취, 씀바귀, 찔레, 토끼풀, 애기똥풀 등도 피어난다. 이들이 피어나는 모습을 매일 보며 계절의 변화와 자연이 우리에게 주는 혜택을 생각한다. 미나리아재비가 미나리를 얼마나 닮았는지 보다가 반짝반짝 빛나는, 완벽하게 조화를 이룬 다섯 장의 꽃잎을 보며 나도 저렇게 맑고 빛나는 삶을 살 수 있다면 얼마나 좋을까 생각해 보기도 한다. 때가 되어도 이들의 모습이 보이지 않거나 특정 개체만 보이면 슬며시 이들의 안부가 궁금해진다. 하지만 계절의 변화는 어김이 없고, 그들은 때가 되면 자신의 존재를 드러내기 마련이다.

4부에는 나 자신을 성찰하고 삶의 감각을 벼리는 글이 많다. 나에게 학교는 노동의 현장이자 다양한 사람들과 관계를 맺는 공간이다. 여기에 생기발랄하고 갈수록 자신들의 주장이 강해지는 우리 학생들과 살아가기 위해서는 나를 끊임없이 성찰하고 타인을 배려하는 삶을 살아야겠다는 생각을 자연스레 하게 된다. 비록 좁은 공간이지만 시기를 달리하여 피어나고 주변 식물들과 조화를 이루어 살아가는 들꽃들을 보며 공존의 가치도 깨닫는다. 자신을 내세우지 않으면서도 자세히 살펴보면 자신만의 고유한 매력을 드러내고 있는 들꽃들. 우리 아이들도 이 들꽃들과 마찬가지라 생각한다. 저마다의 매력을 지니고 있으며, 때가 되면 온 세상에 자신들의 매력을 발산할 것이다.

산책길의 마지막 지점에는 체리세이지를 비롯해 로즈메리, 애플민트, 라벤더, 카모마일, 바질 등 다양한 허브 식물들이 곳곳에 자리를 잡고 있다. 내 마지막 의식은 이들을 손바닥으로 쓸며 그날의 안부를 전하는 것이다. 체리세이지 잎을 가볍게 비비기도 한다. 이런 단순한 동작만으로도 진한 허브 향이 풍겨 나와 피로를 풀어 주고 내 감각을 다시금 살아나게 한다.

성긴 그림자와 은은한 향기, 매화

◦ 분류: 장미과의 낙엽 소교목
◦ 꽃말: 고결한 기품, 절개

#매화 #납매 #미수상락 #지조와_절개
#선비_정신 #통도사_자장매 #고매

아시아는 매화 문화권에 속한다. 장미과인 매화는 꽃잎이 다섯 장이고, 꽃 한 송이 한 송이를 자세히 관찰해 보면 미학적으로 완벽한 기품과 아름다움을 갖추고 있다. 문인화 중 매화도를 보면 붓을 무심한 듯 툭툭 찍어 피워 낸 꽃잎들의 조화가 힘차고 아름답다. 그것은 그림을 그린 화공의 실력에서 온 것일 수도 있지만, 매화 자체의 형태와 품성이 아름다워서일 수도 있겠다.

우리 선조들은 사군자 중 으뜸으로 매화를 꼽았으며, 매화는 사대부의 수많은 시가 작품과 문인화의 소재가 되었다. 중국의 경우 공산화 이전의 중화민국과 그로부터 이어진 현재 대만의 국화가 매화다. 올림픽에 출전할 때 국기 대신 사용하는 '중화

타이베이' 깃발의 바탕도 매화 문양이며, 대만 해군의 상징이나 국적 항공사인 중화항공의 로고도 매화다. 현재 중국은 공식 국화가 없지만 만약 정하게 된다면 청나라의 국화였던 모란이나 중화민국의 국화인 매화가 가장 유력한 후보가 될 것이다.

중국의 매화는 납매(臘梅/蠟梅)로부터 시작된다. '선달 납(臘)' 자와 '꿀 납(蠟)' 자가 혼용되며 두 글자가 쓰인 경우 각각 나름의 의미가 있다. 우선 납매(臘梅)는 선달, 곧 음력 12월을 뜻하는 납월(臘月)에 피는 매화라는 뜻이며, 한자가 다른 납매(蠟梅)는 밀랍으로 빚은 것처럼 아름다운 매화라는 뜻이다. 중국에서는 12월부터 다음 해 1월까지 납매가 피면 대규모로 조성된 공원 같은 곳으로 상춘객이 몰리고, 꽃꽂이용으로 납매(蠟梅)를 사 들고 집으로 간다고 한다. 납매는 꽃의 크기에 비해 향기가 강하고, 화려한 황금빛 꽃잎은 중국인들이 좋아하는 색상이며, 집안에 복을 비는 의미가 있다.

내가 납매라는 식물을 처음 알게 된 건 대만에 갔을 때다. 지인들과 함께 겨울 방학을 이용해 대만에 여행을 갔다가 국립고궁박물관을 찾았을 때, 입

장권에 개나리 비슷한 노란 꽃 그림과 함께 납매(臘梅)라는 이름이 인쇄되어 있었다. 그 뒤 집 근처에 있는 대연수목원 초입의 큰 납매가 눈에 들어왔고, 1월 중순경 매화보다 먼저 꽃을 피우는 납매를 보며 봄이 왔음을 느끼게 되었다. 올해 납매는 1월 15일에 개화하여, 해마다 가장 먼저 꽃을 피우는 홍매화 한 그루와 함께 대연수목원의 1호 개화 나무가 되었다.

그리고 대만이나 베트남 사람들이 새해를 맞이할 때 집집마다 노란 귤이 가득 매달린 화분을 사 가는 것을 보고 동양 문화권 사람들의 황금색에 대한 애정을 엿볼 수 있었다. 중국인들은 붉은색도 좋아해서 매화 중에서도 홍매를 많이 심는 것 같다. 매화원을 소개한 사진들을 보니 군락을 이룬 홍매 모습이 장관을 이룬다.

중국에는 매화를 소재로 한 시가 작품이 셀 수 없이 많다. 송나라 시인 임포도 매화를 소재로 시를 많이 남겼는데, 항저우의 서호(西湖)라는 호숫가에서 평생 독신으로 살며 매화를 심고 학을 길렀다고 한다. '매화를 아내로 삼고 학을 자식으로 삼았다.'

라고 전해질 정도다.

疎影橫斜水淸淺(소영횡사수청천)

暗香浮動月黃昏(암향부동월황혼)

— 임포, 「산원소매(山園小梅)」 부분
(기태완, 『꽃, 피어나다』, 푸른지식, 2015, 51쪽)

풀이

성긴 그림자 맑고 얕은 물에 비스듬히 비치고

그윽한 향기는 어스름 달빛 아래 떠도네

서호의 물에 비친 고고한 매화의 자태를 노래한 이 시에서 '소영(疎影, 성긴 그림자)'과 '암향(暗香, 그윽한 향기)'은 매화를 대표하는 상징이 된다.

매화를 그릴 때 달을 함께 그리는 경우가 많다. 이때 매화는 하얀 꽃으로 그리며, 그래서 이는 '미수상락(眉壽上樂)'을 뜻하게 된다. 미수(眉壽)는 눈썹이 하얗게 세도록 오래 살라는 말로, '매화 매(梅)' 자와 '눈썹 미(眉)' 자의 중국어 발음이 '메이'[méi]로 같다 보니 새하얀 매화 그림이 곧 미수를 뜻하게 된 것이다.

마음을 가다듬게 하는 지표

우리 선비들도 매화로부터 기품을 읽어 내고 그에 따르고자 하였다. 시련을 상징하는 추운 겨울을 이겨 내고 눈 속에서도 꽃을 피우는 매화에서 지조와 절개를 떠올렸다. 그래서 곧게 세운 매화나무 가지와 달이 어우러진 그림에는 장수를 기원하는 의미와 함께 어진 목민관으로서 백성을 잘 보살피겠다는 뜻도 담겨 있다.

이는 임금은 해요, 신하는 달이요, 백성은 별이라는 사상에 근거한 것이다. 신하는 왕을 보필해 각자의 분야에서 세상을 두루 살피는, 달과 같은 목민관이 되어야 하는 셈이다.

매화는 봄을 알리는 꽃이다. 혹독하게 추운 날 눈 속에서도 매화는 피어난다. 시련에 굴하지 않는 강인한 정신을 배우고자 선비들은 2월 입춘 무렵이면 매화를 찾아 나섰다.

桐千年老恒藏曲(동천년노항장곡)

梅一生寒不賣香(매일생한불매향)

月到千虧餘本質(월도천휴여본질)

柳經百別又新枝(유경백별우신지)

— 신흠, 「야언(野言)」(출처 불명*)

풀이

오동은 천년을 늙어도 자기 곡조를 잃지 않고

매화는 한평생 추워도 향기를 팔지 않는다.

달은 천 번을 이지러져도 본바탕은 변치 않으며

버드나무 가지는 백 번 꺾여도 새 가지가 돋아난다.

위 시에는 매화에 대한 우리 선조들의 생각이 잘 담겨 있다. 화자는 오동나무, 매화, 달, 버드나무 등을 소재로 흔들리지 않는 지조를 노래한다. 선비들은 이 시에서처럼 매화를 보며 아무리 힘들고 어려워도 쉽게 타협하거나 굽히지 않겠다는 정신을

* 한국학중앙연구원의 한국향토문화전자대전(http://www.grandculture.net/korea)에 따르면 신흠은 『상촌집(象村集)』이라는 60권짜리 시문집을 남겼는데, 이 시문집의 47~48권 자체가 「야언(野言)」이라는 외집(外集)이라고 한다. 그런데 '수목 탐구 이야기'라는 블로그(https://tnknam.tistory.com)의 운영자는 위 시가 "「야언」은 물론 『상촌집』 어디에도 (…) 없다."면서, 이에 대해 "조선 시대가 아닌 일제 강점기에 어느 애국지사가 지어서 독립운동 차원에서 의도적으로 널리 퍼트린 것으로 보"이고, 그래서 시인의 이름을 밝힐 수 없었을 것이라는 가설을 주장하기도 하였다.

가다듬었을 것이다. 선비들에게 자연은 단순히 감상의 대상이 아니라 자신의 마음을 가다듬게 하는 지표였다.

경남 양산의 통도사에 가면 절을 창건한 자장율사의 이름을 딴 자장매(慈藏梅)가 있다. 수령이 300년 넘은 홍매로, 옛 스님들의 진영을 봉안한 영각 앞에 홀로 선 자장매를 보려고 해마다 수많은 상춘객이 이곳을 찾는다. 통도사는 종교적 의미 이상의 다양한 매력과 가치가 있는 사찰이다. 맑은 계곡물과 영축산의 깊은 산세, '한국의 산지 승원' 중 한 곳으로 포함돼 유네스코 세계문화유산으로 등재된 역사적·문화적 가치 등. 물론 이런 점들보다 훨씬 중요한 가치는 1천 년이 넘도록 지켜 온 수행 도량으로서의 역사적 전통일 것이다. 이런 사찰을 300년 넘게 지키고 있는 붉은 매화라니, 자장매는 가히 통도사의 상징이라 할 만하다.

월북한 시인 조운은 「고매(古梅)」라는 짧은 시조에서 오래된 매화나무의 "늙은 등걸"을 응시한 바 있다. '시 속에 그림이 있고 그림 속에 시가 있다.'(詩中有畵 畵中有詩)를 보여 주는 듯한 이 시에서

늙은 매화는 "허울 다 털어버리고 남을 것만 남은 듯."(『조운 시조집』, 작가, 2000)이란 표현을 통해 군더더기를 털어 버리고 남길 것만 남긴 모습으로 그려진다. 이 시를 읽고 나면 속세의 모든 욕망을 떨쳐버린 듯 고고(孤高)한 경지에 오른 선비의 얼굴이 떠오른다. 우리도 삶의 군더더기를 털어 버리고 남길 것만 남겨 여백이 있는 삶을 살면 좋겠다.

매화꽃 한 송이에
봄이 담겼습니다.

2021. 5. 5.

순수한 봄의 전령, 목련꽃

◦ 분류: 목련과의 낙엽 교목
◦ 꽃말: 고귀함

#새봄 #목련꽃 #삶의_절정 #생성과_소멸 #자연의_스위치
#양버들 #함박꽃 #목란

쓰고 지우기를

수백 번

외로이 문을 두드린 시간들이

파지(破紙)처럼 쌓이던 어느 날

소복하게 솟은 저 붓이

맑고 푸른 하늘의 종잇장에

곱고 분분한 글꽃으로

피어나리라

— 서형오, 「목련 꽃망울」(미발표작)

목련 꽃송이를 보면 붓 한 자루가 떠오른다. 꽃이 겨울눈에 갇혀 있을 때는 단정하고 탄력 있는 사군자용 붓 같고, 꽃잎이 조금 열리면 부드럽게 풀리

목련 꽃망울

는 서예용 붓 같으며, 활짝 피면 자유분방한 빗자루 붓 같다. 목련꽃이 피는 순간은 붓 한 자루가 피어나는 순간인 셈이다.

새봄은 목련꽃과 함께 온다. 잡티 하나 섞이지 않은 하얀 목련꽃은 순수한 청춘을 표상한다. 목련꽃 아래에서 청춘들의 연가가 들려오고 아이들의 웃음소리가 터져 나온다. 하지만 봄은 슬픔도 내포하고 있다. 그 화사했던 꽃들이 짧은 봄날의 아름다움을 뒤로 하고 떨어진다. 삶의 절정에서 한 잎 한

잎 떨어진다.

목련꽃이 필 무렵, 봄비가 자주 온다. 안 그래도 짧은 목련꽃의 화양연화가 끝나기를 재촉한다. 목련꽃은 그렇게 떨어지지만 해가 바뀌면 어김없이 다시 피어난다.

목련이 도착했다
한전 부산지사 전차기지터 앞
꽃들이 조금 일찍 봄나들이를 나왔다
나도 꽃 따라 나들이나 나갈까
심하게 앓고 난 뒤의 머릿속처럼
맑게 갠 하늘 아래,
전차 구경 와서 아주 뿌리를 내렸다는
어머니 아버지도 그랬겠지
꽃양산 활짝 펴 든
며느리 따라 구경 오신 할아버지도 그랬겠지
나뭇가지에 코일처럼 감기는 햇살,
저 햇살을 따라가면
나무 어딘가에 숨은 전동기가 보일는지 모른다
전차바퀴 기념물 하나만 달랑 남은 전차기지터

레일은 사라졌어도, 사라지지 않는
생명의 레일을 따라
바퀴를 굴리는 힘을 만날 수 있을는지 모른다
지난밤 내리치던 천둥번개도 찌릿찌릿
저 코일을 따라가서 動力(동력)을 얻진 않았는지,
한 량 두 량 목련이 떠나간다
꽃들이 전차 창문을 열고 손을 흔든다
저 꽃전차를 따라가면, 어머니 아버지
신혼 첫밤을 보내신 동래온천이 나온다

— 손택수, 「목련 전차」(『목련 전차』, 창비, 2006)

손택수 시인은 목련을 통해 모든 것이 보이지 않는 끈, 생명력으로 연결되어 있음을 말한다. 목련이 피고 지는 것을 기차가 도착하고 떠나는 것으로 표현했다. 이를 한전 부산지사 전차 기지터라는 구체적 지명을 통해 가족의 공통된 추억과 연결한다. 지금 동래 온천으로 가는 레일은 사라졌지만, 세대를 잇는 생명의 레일은 아버지, 어머니 세대와 자신을 잇고 있다. 생성과 소멸은 자연의 섭리다. 우리 인간의 삶도 생성과 소멸의 과정 속에서 눈에 보이지는 않을지라도 강한 생명력으로 서로 연결되어 있음을 느끼게 한다.

봄을 알리던 스위치가 잘려 나가니

몇 해 전 일이다. 월요일에 출근하니 학교 주차장이 훤하다. 무슨 일인지 한참을 살펴보니 주차장 옆에 있던 은행나무들이 그루터기만 남고 잘려 나갔다. 얼마 전에 행정실에서 위험 수목을 정리한다더니 주말 사이에 나무를 잘랐나 보다.

교무실에 올라가니 난리가 났다. 잘린 것이 주차장 주변 은행나무만은 아니었다. 평소 나무에 애정이 깊은 박 모 선생님이 운동장 수돗가 위쪽에 있던 목련도 잘렸다며 이 일을 진행한 사람이 누군지 밝히라고 방방 뜨고 있다. 잘린 목련을 보니 가슴이 찢어질 듯 아프다며 하소연한다. 함께 운동장으로 나가 보니 성모동산 들머리 쪽의 히말라야시다를 비롯한 나무 몇 그루와 함께 성모의 봄을 환하게 밝히던 큰 목련이 가지도 아니고 목도 아닌 허리가, 그 아래만 남기고 싹둑 잘려 나가 있었다.

그 뒤 이 목련 문제로 회식 자리와 1박 2일 연수

자리에서 박 선생님과 행정실장님은 밤을 새워 가며 말싸움을 했다. 술을 한잔 걸친 박 선생님이 먼저 포문을 연다.

"목련이 잘리니 내 가슴이 찢어집니다."

"위험 수목 정리의 당위성과 필요성을 선생님들과 의논했잖아요."

"그때 목련의 '목' 자도 나오지 않았는데 왜 목련까지 잘랐나요?"

이러면 행정실장님은 한두 번 사과하다가 나름의 이유를 슬쩍 내민다.

"이왕 사다리차가 왔으니 그때 함께 작업을 한 겁니다."

"그래서 내 가슴이 찢어집니다!"

대충 이런 식으로 싸우다 지쳐 잠이 든다. 그러다 새벽에 다시 일어나 맥주 한잔 앞에 두고 또 싸운다. 이렇듯 나무 한 그루가 누구에게는 자신의 심장과 같다. 해마다 봄이 오면 상대적으로 숲이 우거져 어둑했던 수돗가 위쪽 언덕을 목련꽃이 환하게 밝혔다. 박 선생님에게 목련꽃은 봄의 정령이었다.

두 사람이 하도 싸워서 별말은 안 했지만 그 목

련을 생각하면 나도 마음이 아프다. 나무의 모양이 균형 잡힌 타원형이어서 무척 아름다웠고, 봄이 되면 자연의 스위치가 켜진 듯 환하게 피어나는 꽃들 덕에 영혼까지 맑아지는 기분이었다.

얼마 지나지 않아 성모동산의 큰 벚나무 한 그루가 바람에 쓰러지면서 그 옆에 서 있던 은행나무를 쳤다. 그러자 은행나무마저 쓰러져 버렸는데, 키가 20미터는 되어 보이는 당당했던 은행나무가 그렇게 쉽게 넘어갈 거라곤 상상도 못 했다. 생명의 소멸은 비정하고 허무하다. 이 일을 겪고는 건물이나 사람을 다치게 할 수 있는 위험 수목은 가지를 치든 나무 자체를 옮기거나 자르든 해서 안전을 확보해야 함을 새삼 깨닫기는 했다.

성모여고를 졸업한 사람들은 운동장의 양버들을 기억할 것이다. 운동장 스탠드를 따라 서 있던 그 나무들이 한 그루, 두 그루 수명을 다하고 마지막 남은 두 그루도 나이가 들어 둥치가 썩어 들어가 운동장을 정비할 때 베어 내게 되었다. 그때는 잘려 나간 목련이 준 아픔보다 훨씬 큰 아픔을 느꼈다. 성모여고가 지닌 역사의 한 장이 완전히 잘려 나가

는 것 같았다.

자연의 순환은 누구도 거스를 수 없는 섭리다. 소멸은 안타까운 일이지만 그 자리를 대신할 것이 생겨날 것이다. 양버들이 잘린 자리는 운동장에 속해 다른 나무를 심지 못했지만 히말라야시다가 잘린 자리에는 단풍나무를 심었다.

그때 죽을 줄 알았던 목련도 3~4년이 지난 지금 부지런히 가지를 뻗고 꽃을 피우며 완전히 살아났다. 하지만 과거처럼 아름다운 모양을 갖출지는 알 수가 없다.

사랑하면 알게 되고 알면 보이나니

산속에서 목련꽃을 만난 적이 있다. 30대 때, 매년 학생들과 함께 2박 3일간 야영 수련회를 다녀왔다. 이때 덕유산 야영장에서 대운동장 쪽으로 가는 숲에, 여름날의 짙은 녹음과 어울리지 않는, 비현실적으로 맑고 깨끗한 목련꽃이 피어 있었다. 생각해보니 목련꽃이 피는 계절도 아니었거니와 잎도 함께 달려 있어서 내가 아는 그 목련은 아니었다. 그때는 꽃에 관심도 없었고 요즘처럼 인터넷으로 꽃 이름을 검색하는 시절도 아니었던지라 그냥 지나쳤는데, 그때 받은 강렬한 인상만큼은 그대로 남아 있다. 나중에 도서관에서 식물도감 책을 통해 그 꽃은 함박꽃 혹은 산목련꽃이라는 걸 알게 되었다. 함박꽃이란 이름은 함지박에서 왔다는 설이 있던데 꽃의 모양을 생각하면 꽤 설득력 있는 주장 같았다.

이후 고향 지리산 쪽이나 대연수목원에서 가끔 그 꽃을 만나고는 했다.

북한에서는 이 꽃을 목란(木蘭, 나무에서 피는 난)이라고도 부르며, 나라꽃으로 지정하고 함박꽃의 문양을 다양하게 사용한다고 한다. 아마 북한에는 산지가 많아서 많이 자생하고 있을 것 같다.

"사랑하면 알게 되고 알면 보이나니, 그때 보이는 것은 전과 같지 않으리라."

조선 시대 문인 유한준의 글귀를 유홍준 교수가 『나의 문화유산답사기』(창비, 1993) 서문에 각색해 넣어 유명해진 문장이다. 식물이나 꽃의 세계에도 이 말은 잘 어울린다. 애정이 있을 때 그 식물을 잘 알게 되고 풀꽃 세상에 대한 인식의 폭도 더욱 넓고 깊어질 것이다.

금잔옥대의 해탈한 신선, 수선화

◦ 분류: 수선화과의 여러해살이풀
◦ 꽃말: 자기애, 자아도취

#수선화 #나르시시즘 #에코 #금잔옥대
#추사_김정희 #제자리 #담담한_기품 #동병상련

「일곱 송이 수선화」(Seven Daffodils)는 1964년 브러더스 포가 발표해 큰 인기를 누린 노래다. 그 뒤 영국의 재즈 가수 캐롤 키드, 존 바에즈, 그리고 우리나라의 양희은 등 많은 가수가 나름의 느낌으로 다시 불렀다. 리듬과 가사가 서정적이고 아름다워 자주 흥얼거리게 되는데, 수선화는 그 노래를 통해 나에게 왔다.

나는 존 바에즈가 부른 노래가 특히 좋았다. 그의 신비로운 미성과 어우러진 「일곱 송이 수선화」는 가난한 청춘들에게 바치는 사랑의 시였다. 요즘 같으면 돈도, 집도, 땅도 없는, 이 노래의 화자와 같은 처지에 있는 이는 마음을 빼앗긴 이에게 사랑을 고백하기가 매우 힘들 것이다. 하지만 저 노래가 불리던 시대는 순수한 낭만과 열정만으로도 사랑을 성취할 수 있는 시대였다. 조금 부족하더라도 모자라는 부분은 살아가면서 채워 가는 것이 당연하다는 인식이 있었던 것 같다.

수선화는 지중해 연안이 원산지로, 씨앗을 통해 발아하는 것이 어려워 알뿌리로 새끼를 만들어 개체를 늘린다(이를 분구[分球]라 한다). 봄을 알리는 대표적인 꽃으로 유럽에서 인기가 많다. 학명인 '나르키소스(Narcissus)'는 그리스 신화에서 유래하였고, 이는 '나르시시즘(narcissism)'이라는 정신 분석학 용어로 이어지기도 했다. 이야기인즉슨 이렇다.

발랄하고 귀여운 소녀였던 에코(echo, 메아리)는 제우스가 바람을 피울 때마다 파수꾼 역할을 하다가 제우스의 아내인 헤라로부터 저주를 받는다. 이 때문에 에코는 상대가 말을 걸어오기 전에는 먼저 입을 열 수 없게 되고, 상대가 한 말의 끝부분만 겨우 따라 할 수 있게 된다. 그러던 어느 날 에코는 사냥을 나온 눈부시게 아름다운 청년 나르키소스를 만나 사랑에 빠진다. 하지만 나르키소스는 에코가 자기 주변을 맴돌기만 하고 자기 말을 계속 따라 하는 것이 싫어서 에코를 거부한다. 이때부터 에코는 실의에 빠져 사람들의 눈에 띄지 않는 동굴이나 계곡 속에서만 살게 되고, 실연의 아픔으로 날로 여위어 가다 육신은 사라지고 목소리만 '메아리'로 남는다. 에코는 나르키소스에게도 짝사랑의 고통을 알게 해 달라고 기도한다. 이에 복수의 여신 네메시스가 기도에 응답한다.

한편 나르키소스는 어릴 때부터 "자기 얼굴을 보지 않아야 오래 산다."라는 예언자의 말에 따라 자신의 모습을 보지 못하고 자란다. 그러던 어느 날 홀로 사냥을 나섰다가 목이 말라 샘물을 찾아 물을 마시려고 목을 숙인다. 그러자 그곳에서 완벽한 아름다움을 지닌 사람이 자신을 바라보고 있는 게 아닌가. 나르키소스는 그가 샘의 요정이라 생각하고 자신도 모르게 키스를 하고자 한다. 하지만 그럴 때마다 요정은 모습을 감춘다. 그는 식음을 전폐하고 수면의 요정만 바라보다 흔적도 없이 말라 죽는다. 그리고 얼마 후 그 자리에 꽃 한 송이가 피어난다. 그 꽃이 바로 수선화다.

수선화는 원산지가 지중해 연안이라고 하는데

동아시아 일대에도 자생지가 많다. 그리스 신화의 영향이 크고 서양인들의 생활 속에 깊이 자리 잡은 꽃이다 보니 수선화를 서양 꽃이라고 여기는 인식이 강한 것 같다. 하지만 이슬람권에서도 수선화는 중요하게 여겨졌고, 그래서 '빵을 두 조각 갖고 있는 자는 그 한 조각을 수선화와 맞바꿔라. 빵은 몸에 필요하나, 수선화는 마음에 필요하다.'라고 가르쳤다고 한다.

제자리를 얻지 못한 자의 동병상련

우리나라에서는 거문도와 제주도가 수선화 자생지로 유명하다. 거문도 수선화는 꽃 가운데의 노란색 부화관(副花冠, 꽃잎과 꽃잎 사이에서 생겨난 작은 부속체)이 금잔처럼 생겼고 하얀 꽃받침은 술잔 받침에 비유할 수 있다고 해서 '금잔옥대(金盞玉臺)'라고 한다. 제주도의 수선화는 꽃잎과 부화관이 겹꽃이어서 보통 수선화와는 모양이 달라 제주 수선화라고 구분해 부른다. 일설에 거문도 수선화는 1860년대부터 영국 해군이나 상선이 러시아 해군을 견제할 목적으로 거문도에 드나들었는데, 이때 영국

사람들이 수선화 알뿌리를 가져와 심은 것이라 추측되곤 한다. 하지만 아주 오래전부터 중국 푸젠성 등 남부 해안가에서 수선화가 자생했다는 기록들이 있는 것으로 보아, 바닷가에 버려지거나 빗물에 쓸려 간 수선화 알뿌리들이 해류를 따라 제주도나 거문도에 도착했거나 혹은 선원들 손을 거쳐 전파되었을 가능성도 있을 것 같다.

제주 수선화는 추사 김정희 선생에 의해 알려졌다. 1840년 윤상도의 옥사에 연루되어 제주도 대정으로 유배된 추사는 겨울부터 봄까지 흰 눈처럼 들판에 깔린 수선화를 보며 감탄한다. 원래 조선의 선비들은 청나라 연경에 가는 이들에게 부탁해 수선화 알뿌리를 어렵게 얻어다 키웠다. 겨울을 이겨 내고 기품 있게 피어난 꽃과 난초를 닮은 잎은 옛 선비들이 따르고 싶었던 맑은 기상과 통했을 것이다. 추사도 20대에 연경에 가서 처음 수선화를 본 뒤 매료되었다고 한다. 하지만 제주 현지인들은 농사에 방해가 된다는 이유로 수선화를 원수 보듯 했고 소에게 먹일 여물로 쓰기도 했다. 이 모습을 바라본 추사의 마음은 어떠했을까. 사물이나 사람이 제자리를 얻지 못할 때 얼마나 비참해지는지를 확인했을 추사의 서러움이 느껴진다. 멀고 먼 섬으로 유배된 자신의 처지를 투영했을 모습이 눈에 선하다.

一點冬心朶朶圓(일점동심타타원)

品於幽澹冷雋邊(품어유담냉준변)

梅高猶未離庭砌(매고유미이정체)

清水眞看解脫仙(청수진간해탈선)

— 김정희, 「수선화(水仙花)」
(엄원대 엮음, 『하루 한 편 우리 한시』, 팡세, 2018, 87쪽)

풀이

한 점 겨울 마음 송이송이 둥글고

그윽하고 담담한 기품 차갑게 주변을 둘렀네

매화가 고상하나 뜨락의 섬돌을 넘지 못하는데

맑은 물가에서 진정 해탈한 신선을 보네

매화는 선비들의 지조와 절개를 상징하는 꽃이다. 이런 매화가 뜨락의 경계를 벗어나지 못한다는 것은 조선의 선비들도 유교와 성리학이라는 경계를 벗어나지 못함을 말하는 것이리라. 반면 둥글고 그윽하고 담담한 기품을 지니고 맑은 물가에서 살아간다고 표현한 수선화는 추사 자신이 자신에게 바라는 모습을 투영한 것 아닐까. 추사의 학문적·예술적 추구에 대한 신념이 짙게 드러난 시다.

추사는 왕실의 친척이기도 했고, 젊은 시절 청나라에 다녀온 뒤 그곳 학자들과 교류도 많이 했으며, 그들로부터 해동 최고의 유학자란 칭찬까지 들었다. 그는 '실사에서 진리를 구하고 징험하지 않으면 믿지 않는다.(實事求是無徵不信)'는 학문 정신을 토대로 고증학의 높은 경지를 개척하였고, 금석문 연구에 매진해 많은 성과를 내었다. 또한 백파, 초의를 비롯한 많은 승려들과 교류했다. 불경을 공부하여 불교 교리에 대해 당대 고승들과 고증학적 논쟁을 펼치기도 했다. 이런 그의 인생에서 최고의 절정기는 추사체를 완성하고 「세한도(歲寒圖)」를 그린 제주 유배기일 것이다. 예술적 절정기에 오른 추사는 평소에 귀하게 여기던 수선화를 천대하는 사람들을 보며 수선화에게 동병상련을 느꼈을 것이다.

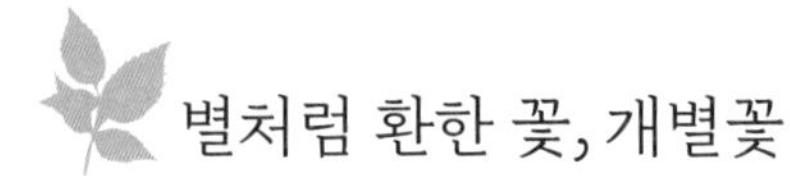

별처럼 환한 꽃, 개별꽃

◦ 분류: 석죽과의 여러해살이풀
◦ 꽃말: 귀여움

#봄날 #개별꽃 #별꽃 #태자삼 #맑은_눈빛 #약초 #5대_식물

점심을 먹고 여느 때처럼 성모동산을 오른다. 매화는 거의 지고 이제 막 꽃망울을 터뜨리는 벚나무를 지나 수녀원 뒤쪽으로 오르니 목련이 절정을 향하고 있다. 바닥에 떨어진 하늘하늘한 잎사귀에 엷게 그려진 자주색 무늬가 마음을 아련하게 한다. 꽃의 시간은 짧고, 화사한 봄날은 나른하게 흐른다.

맞은편 자목련은 이제 막 꽃봉오리가 벌어지기 시작한다. 가지마다 한껏 부풀어 오른 꽃망울들이 나뭇가지에 앉은 새들 같다. 시리도록 파란 하늘을 배경으로 개화를 기다리는 새 떼에게 인내의 시간은 더디다.

눈을 내려 바닥을 보니 길 가장자리를 따라 꽃 잔치가 한창이다. 수선화, 단풍취, 무스카리, 꽃마리, 제비꽃, 개불알풀, 광대나물, 냉이 등의 꽃들이 군데군데 피어나 있다. 수녀원을 돌아 성모동산 위쪽으로 오르니 치자나무와 광나무, 밤나무 등 큰 나무 아래에 별빛처럼 그늘을 밝히는 하얀 꽃 무리가 보인다. 개별꽃이다. 별꽃보다 큰 하얀 꽃잎과 점점이 찍힌 점들이 귀엽다. 성모동산은 일반인이 들어오지 못하고 자연 그대로의 모습으로 관리해서 이렇게 많은 식물이 잘 살아가고 있는 것이리라.

이효석은 소설 「메밀꽃 필 무렵」에서 달밤에 메밀꽃이 환하게 피어 있는 광경을 두고 "산허리는 온통 메밀밭이어서 피기 시작한 꽃이 소금을 뿌린 듯이 흐뭇한 달빛에 숨이 막힐 지경이다."(『메밀꽃 필 무렵』, 생각의나무, 2010, 51쪽)라고 묘사했다. 그 정도는 아니어도 별꽃류도 무리를 이루면 환한 별밭을 만들어 낸다. 별꽃, 쇠별꽃, 개별꽃, 큰개별꽃, 긴개별꽃, 덩굴개별꽃 등 모양이 비슷한 종류가 많다. 그 중 들별꽃으로 불리기도 하는 개별꽃이 형태적으로 '별꽃'이란 표현과 가장 어울린다고 생각한다.

개별꽃은 미학적 완성도가 뛰어나다. 5개로 이루어진 하얀 꽃잎이 별꽃이라는 이름과 잘 어울린다. 암술은 세 갈래로 갈라져 있고 수술은 10개인데, 처음에는 수술의 꽃밥이 연한 노란색이었다가 시간이 지나면서 차츰 진한 색으로 변한다. 하얀 꽃잎에 마치 주근깨가 점점이 찍힌 듯한 귀여운 모습이 된다. 이른 봄날 어두운 숲에서 까만 점이 톡톡 찍힌 하얀 별꽃 무리를 만나면 봄날의 산행은 한층 즐거워질 따름이다.

우리도 별처럼 맑은 눈빛으로 누군가의 길을 비추어 주고, 바라보면 마음에 위로가 되고, 외로울 때 다가와 주는 별 같은 사람이 되면 얼마나 좋을까. 아니, 나도 그런 사람이 될 수 있다면 얼마나 좋을까. 숲길에서 만난 개별꽃이 반가워 이런저런 생각을 다 해 본다.

어여쁨과는 별개의 효능

일반적으로 접두사 '개-'가 붙으면 '개꿈', '개죽음', '개고생', '개망신', '개수작' 등에서 알 수 있듯 부정적 의미가 더해진다. 하지만 요즘은 '개잘하네', '개좋아', '개쩐다' 등에서처럼 강조의 의미가 더해지기도 한다. 언어는 살아 있는 생명체라 접두사 '개-'가 어떤 길을 갈지 궁금해지는 대목이다.

식물 이름 앞에 '개-'가 붙으면 '야생의', '질이 떨어지는' 정도의 의미가 더해지곤 한다. '개꽃', '개나리', '개살구' 등이 여기에 해당하며, 개별꽃도 야생의 별꽃이라서 개별꽃 또는 들별꽃으로 불리게 된 것 아닌가 한다.

개별꽃의 또 다른 이름은 태자삼(太子蔘)이다. 약학서 『본초강목(本草綱目)』을 펴낸 중국 명나라의 약학자 이시진이 원고를 보여 주려고 친구 집에 가다가 주막에 머물게 되었다. 주막집 아낙은 원래 지병이 있던 사람이었는데 이시진이 맥을 짚어 보니 병이 나은 듯 병세가 느껴지지 않았다. 이상하게 여긴 이시진이 아낙에게 낮에 무얼 먹었나 물으니 여러 풀뿌리가 담긴 바구니를 가져왔다. 그 안에 이시진이 처음 본 약초가 있었다. 바로 개별꽃이다. 이 풀이 어디서 자라는지 묻자 명나라 황제 주원장의 아들(태자) 무덤 주변에 많이 난다는 얘기를 듣는다. 이시진은 사람들이 개별꽃의 약효를 알게 되면 모두 캐어 가느라 태자의 무덤이 상할 것을 염려해 『본초강목』에 이 풀의 효능을 적지 않았다고 한다.

실제로 개별꽃 뿌리는 생긴 모양이나 성질이 인삼과 비슷해 사람의 기(氣)를 보충한다고 알려져 있다.

어여쁨과는 별개의 개체 수

개별꽃과 비슷한 별꽃은 하나의 꽃잎이 갈라져 하트 모양을 하고 있다. 식물학적으로는 꽃잎이 많아 보이게 해서 곤충들을 유혹하기 위한 것이지만 그 모양 자체가 매력적이다. 안 그래도 작고 앙증맞은 꽃인데 하트 모양 꽃잎까지 갖추었으니 자세히 들여다볼수록 더 이쁘다. 나태주 시인의 「풀꽃」에서 말하는 '너'에 해당할 꽃이다.

별꽃류는 어디서나 너무 잘 자라다 보니 그 어여쁨과는 별개로 잡초 취급을 받곤 한다. 세계에서 가장 많이 자라는 5대 식물에 든다고 할 정도다. 별꽃은 밤하늘의 촘촘한 별들처럼 수많은 사람의 그리움을 담아 그렇게 많이 피었다 지는가 보다.

별꽃류는 아니지만 '털별꽃아재비'라는, 거의 쓰레기 수준의 잡초 취급을 받는 식물도 있다. 전국 각지의 산과 들, 길가, 텃밭 등 없는 곳이 없고, 학교 화단 곳곳에도 언제부턴가 원래부터 자기 집인

양 자리를 잡았다. 광대나물 등과 더불어 생명력 하나는 끝내주는 녀석인가 보다. 이 식물은 몸 전체에 털이 나 있고 꽃이 하트 모양의 별꽃을 닮아 털별꽃아재비가 되었다. 아재비는 비슷하게 닮았다는 뜻이다. 하지만 털별꽃아재비는 하얀색 꽃잎들이 둘러싼 가운데 부분에 노랗고 작은 꽃들이 뭉쳐서 피는 국화과 식물이다.

자세히 보아야 보이는 꽃, 꽃마리

◦ 분류: 지칫과의 여러해살이풀
◦ 꽃말: 나를 잊지 말아요

#꽃마리 #이름 #존재_의미 #물망초 #화무십일홍 #유한한_숙명

꽃마리는 봄부터 여름까지 밭둑이나 길가에서 자주 볼 수 있다. 하지만 꽃이 너무 작아 숲이 짙으면 존재감이 없다. 얼핏 보면 흔한 풀 같은데, 꽃이 필 때 사진 찍어 확대해 보면 금방 빠져들게 된다. 태엽처럼 안으로 말려들어 가듯 생긴 줄기 윗부분에 꽃망울들이 달려 있고, 연한 하늘색 꽃이 줄기 아래쪽부터 위로 올라가며 차례로 피어난다.

내가 이 꽃을 처음 인식하게 된 건 꽃의 이름을 알았을 때다. 사물에 이름이 아직 없거나 혹은 우리가 그 이름을 모를 때 그 사물은 제대로 된 존재 의미를 지니기 어렵거나 혹은 의미화되기 어렵다. 김춘수 시인의 시 「꽃」에서처럼 "내가 그의 이름을 불러 주었을 때 / 그는 나에게로 와서 / 꽃이"(양왕용,

『김춘수 평전』, 문화발전소, 2022, 109쪽) 된다.

그래서 우리는 어휘를 많이 알면 알수록 세계를 더 넓게 인식하고 대상을 더 세밀하게 파악할 수 있게 된다. 꽃마리라는 이름을 아는 것과 모르는 것 사이에는 큰 차이가 있으며, '꽃'과 '마리'의 뜻을 아는 것과 모르는 것 사이에도 큰 차이가 있다. 나는 꽃마리라는 이름을 처음 알게 되었을 때 강한 인상을 받았다. 이 꽃에 꽃마리만큼 잘 어울리는 이름이 또 있을까? 초롱꽃, 인동덩굴, 계요등, 해국, 애기똥풀 등 식물의 이름은 그 생김새나 생태적 특징에 따라 붙곤 한다. 꽃마리란 이름은 '꽃'과 '마리'의 합성어로, 돌돌 말려들어 가는 듯한 줄기와 그 끝에 매달린 꽃의 형상을 함께 담아낸 것이다.

꽃들의 공통된 숙명과 이름

꽃마리의 꽃말은 '나를 잊지 말아요'다. 이런 꽃말이 붙은 이유는 서양에서 이 꽃과 비슷하게 생긴, 같은 지칫과에 속하는 꽃을 물망초(勿忘草, forget-me-not)라고 하기 때문이다. 꽃마리는 꽃이 연한 하늘색에 가깝고 물망초꽃은 푸른 청색을 띤다. 꽃이나 잎의 크기는 물망초가 더 크다. 꽃마리보다는 참꽃마리가 물망초와 더 닮았다. 어쩌면 지역별 특성에 따른 진화의 결과로 조금씩 차이가 나는 것이지 실제로는 같은 꽃일지도 모르겠다.

서양에서 이 꽃이 물망초가 된 사연으로 비슷한 이야기들이 많지만 공통점은 이렇다. 어떤 기사(騎士) 또는 남성이 사랑하는 여인을 위해 다뉴브강 물에 떠내려가는 꽃을 건지거나 혹은 섬에 있는 꽃을 꺾어서 건네주다가 급류에 휩쓸리게 되는데, 이때 기사나 남성이 떠내려가며 "forget me not."이라고 한 말이 꽃의 이름이 되었다는 내용이다.

꽃에는 저마다 나름의 탄생 설화가 있다. 믿거나 말거나지만 그 얘기들엔 대체로 슬픈 사연이 깃들어 있다. 화무십일홍(花無十日紅, 열흘 동안 붉은 꽃은 없다)이라 하듯 꽃의 숙명은 결국 지는 것이다. 세상에 유한하지 않은 건 없다지만 잠깐 피었다가 지는 꽃들 모습에 많은 사람이 안타까움을 느낀다. 이 안타까움이 공동체의 이야기에 스며들어 그 지역이나 생태에 어울리는 설화로 만들어졌을 것이다.

앞만 보고 살아서는
보이지 않는
자세히 보아야 보이는
꽃마리
2020. 4. 20.
순례길 가는 길에

숲속의 귀여운 친구, 애기똥풀꽃

◦ 분류: 양귀비과의 두해살이풀
◦ 꽃말: 몰래 주는 사랑

#애기똥풀 #노란색 #개미_산포 #귀엽다 #잡풀_취급_금지 #어우러짐

누군가가 큰 화분에 심어 놓은 애기똥풀이 학교 주변 주택가에 있어서 가끔 지나가다 보게 된다. 흔히 잡풀로 취급되는 식물을 화분에 심어 키우는 것을 보니 애기똥풀꽃이 새삼 예쁘다는 생각이 든다. 노란 모자를 쓴 아이들이 삼삼오오 짝을 지어 나들이 가듯 노란색 꽃이 서너 송이씩 예쁘게 피어난다. 학교에서도 정원을 가득 채운 나지막한 좀씀바귀꽃과 함께 애기똥풀꽃이 노란색 향연을 펼친다.

애기똥풀은 풀이 우거진 곳이나 주택가 주변의 작은 공터 등에서 주로 보인다. 성모여고 연못 정원 주변이나 언덕에도 봄이 되면 뜬금없이 애기똥풀이 군데군데 자라 있다. 이는 제비꽃과 유사한 '개미 산포'라는 번식 방법 때문이다. 씨앗에 엘라이오솜

(elaiosome)이라는 지방 덩어리를 만들어 개미들이 이를 자신들의 식량으로 이용하게 하고 씨앗은 버리게 함으로써 종자를 멀리까지 퍼뜨리는 전략이라 그렇게 표현된다고 한다.

봄이 되면 피는 애기똥풀꽃의 노란색은 꽤 매혹적이다. 잎겨드랑이에서 뻗은 가지에서 방사형(산형 꽃차례)으로 한여름까지 차례로 꽃을 피운다. 줄기를 잘라 보면 노란 유액이 나오는데 이것이 애기똥과 닮았다고 해서 애기똥풀이라는 귀여운 이름이 붙었다. 하지만 이 노란색 액체는 냄새가 역해서 벌레들도 달려들지 않을 정도라 이를 아는 사람은 잘 자르지 않는다. 더불어 양귀비과 식물답게 독성이 강해서 약용 금지 식물로 지정되어 있다고 한다.

애기똥풀은 이름도 귀엽고 꽃도 귀엽다. 어린 병아리 같은 꽃들이 여기저기에서 삼삼오오 모여 소풍이라도 가는 듯 하늘하늘 흔들린다. 눈에 잘 띄면서도 민들레, 고들빼기, 바위취, 씀바귀, 찔레, 토끼풀, 꽃마리, 각종 별꽃류 등 주변의 야생화나 들풀과 잘 어우러진다.

이렇듯 애기똥풀과 함께 피어나는 꽃들은 대부

분 아름다운 우리말 이름을 가지고 있다. 자세히 살펴보면 이름 없는 식물이 없고, 꽃 피지 않는 식물이 없다. 꽃마리나 주름잎, 별꽃처럼 꽃이 너무 작아서 눈에 잘 보이지 않거나, 주택가나 그와 가까운 공간에서는 여름이 가까워질 때 예초기로 풀들을 모조리 잘라 버려서 눈에 덜 보일 뿐이다.

앞서 말한 대로 애기똥풀은 들판이나 풀숲에만 있지 않다. 학교나 직장, 집 근처 어딘가에 늘 있고, 기차역이나 지하도, 공원 구석 등에도 있다. 그러고 보면 우리는 모두 애기똥풀 같은 존재들일지 모른다. 어디에나 있고, 서로 어우러져 살며, 흔하디 흔하기 때문이다. 그런데도 애기똥풀이 어디 있었나 모르고, 있어도 눈여겨보지 않은 채 잡풀 취급을 하는 것처럼 우리도 우리를 서로 소외시키고, 존재의 가치를 알아보지 못한 채 자존심에 서로 상처를 입히고 있는지도 모르겠다.

코로나19가 지배할 때 고독은 일상이 되었고 소통은 힘든 일이 되었다. 친구 사이의 스킨십도, 노래도, 체육 대회도, 마스크를 벗고 말하는 것조차도 금기시되다 보니 친구들끼리 얼굴도 잘 모르고 지냈다. 식사 시간에는 닭장 같은 칸막이 안에서 휴대 전화를 벗 삼아 홀로 쓸쓸히 밥을 먹었다. 학교가 정상화되자 아이들 얼굴이 봄꽃처럼 밝고 화사하게 피어났다. 특별실로 수업을 하러 가는 아이들이 있을 땐 그 특유의 맑은 음성들 덕에 교정에 활기가 넘쳤다. 하지만 코로나19 유행 이전을 생각하면 여전히 뭔가 부족한 느낌이 든다. 학창 시절의 중요한 사회화 과정을 3년이나 놓쳤으니 그 후유증을 시간만으로 극복하는 것이 가능할지 의문이다. 일상의 회복이 인간적인 따스한 정(情)의 회복으로도 이어지기를 바란다.

화왕(花王)과 화상(花相), 모란과 작약

◦ 분류: 작약과의 낙엽 관목
◦ 꽃말: 부귀, 영화, 왕자의 품격

#모란꽃 #화왕과_화상 #장안의_화제_모란 #계절의_순환 #유한성_자각 #목단 #작약

모란과 작약은 원산지가 중국이다. 두 꽃은 모양이 단정하고 화사하며 풍성해 화왕(花王)과 화상(花相, 꽃의 재상)으로 칭송돼 왔다.

예부터 동양에서는 풍류와 부귀를 상징하는 모란도를 걸어 두는 집이 많았다. 우리나라에서도 고려 시대 때 궁중이나 권문세가에서 진귀한 품종의 모란을 키우는 풍습이 있었다고 한다. 하지만 조선 시대에 와서는 지조와 절개를 중시하는 선비 문화의 영향으로 사군자 등으로 관심이 넘어간다.

당나라는 당대 세계 최고의 제국이었다. 경제적으로도 육상과 해상을 아우르는 실크 로드와 주변 여러 나라들과의 교역으로 어마어마한 부를 축적한다. 그 중심에 장안(지금의 시안)이 있었으니 문화적

융성함도 극에 달했을 것이다. 당나라 사람들은 꽃을 사랑했고, 꽃에 신이 있다고 믿었다. 꽃 중에서도 모란은 최고의 인기 스타였다. 모란꽃이 필 때면 남녀노소, 지위 고하를 막론하고 아름다운 모란꽃을 찾아다니며 감상했고, 가장 아름다운 모란꽃이 핀 집은 말 그대로 '장안의 화제'가 되었다.

그 시대 시인 왕유는 모란을 이렇게 노래했다.

綠艶閒且靜(녹염한차정)

紅衣淺復深(홍의천부심)

花心愁欲斷(화심수욕단)

春色豈知心(춘색기지심)

— 왕유, 「홍모란[紅牧丹]」
(『왕유 시선』, 박삼수 옮김, 지식을만드는지식, 2014)

풀이

초록 꽃잎은 한가롭고 고요한데

붉은 꽃송이는 옅다가 다시 짙어지네

꽃의 마음 시름겨워 애간장 끊어지려는데

봄빛이 그 마음 어찌 알아줄까

왕유는 오언 절구의 짧은 시 속에 많은 이야기를 담았다. '기'와 '승'은 대구를 이루면서 고요한 뜰 가운데에 피어난 모란꽃의 자태를 숨막히도록 세밀하게 포착한다. '전' 구에서는 그토록 아름다운 모란꽃의, 근원을 알 수 없는 아픔을 노래한다. 화자에게 어떤 사연이 있는지는 모르겠지만 꽃의 처지에서야 너무나 짧은 개화 시간이 안타까울 뿐일 터. 아름다운 청춘을 보낸 꽃은 결국 꽃잎이 떨어지는 아픔을 겪어야 한다.

계절의 순환은 누구도 거스를 수 없는 자연의 섭리다. 무정한 세월은 떨어지는 꽃잎의 애타는 마음을 아는지 모르는지 무심하게 지나간다. 화무십일홍이라, 열흘 동안 붉은 꽃은 없다고 하였다. 이러한 생명 가진 것들의 유한성에 대한 안타까움은 수많은 시공간을 건너 영랑의 「모란이 피기까지는」이라는 절창을 뽑아낸다.

> 모란이 피기까지는
> 나는 아직 나의 봄을 기다리고 있을 테요
> 모란이 뚝뚝 떨어져 버린 날

나는 비로소 봄을 여읜 설움에 잠길 테요
오월 어느 날 그 하루 무덥던 날
떨어져 누운 꽃잎마저 시들어 버리고는
천지에 모란은 자취도 없어지고
뻗쳐오르던 내 보람 서운케 무너졌느니
모란이 지고 말면 그뿐 내 한 해는 다 가고 말아
삼백예순 날 하냥 섭섭해 우옵내다
모란이 피기까지는
나는 아직 기다리고 있을 테요 찬란한 슬픔의 봄을

— 김영랑, 「모란이 피기까지는」(『영랑 시집』, 열린책들, 2022)

화자의 감정과 시적 표현이 최고조에 이르면 둘은 서로 통하는 법이다. 모란의 처절한 낙화를 올해 또 견뎌야 하는 우리의 안타까움은 이 세상 어디에도 영원한 것은 없다는 유한성에 대한 자각이 아닐까. 화려한 꽃일수록 낙화는 서러운 법, 인간 세상도 마찬가지일 것이다. 모란꽃 한 송이의 낙화가 온 봄을 잃어버리는 아픔이 되고, 화사한 봄날은 이내 서러워진다.

모란꽃은 관련 전설도 무척 슬프다. 옛날 그리

모란

작약

스에 파에온(Paeon)*이라는 공주가 있었다고 한다. 이이는 사랑하는 왕자를 먼 전쟁터로 보내고 오랜 세월 그가 돌아오기만을 기다린다. 그러던 어느 날 눈먼 악사의 구슬픈 노랫소리를 듣게 되는데, 내용이 이렇다. "왕자는 전쟁터에서 공주를 그리워하다가 머나먼 이국땅에서 죽었다네. 왕자는 공주를 그리워하다가 죽어서 모란꽃이 되었다네."

공주는 그래서 먼 이국땅으로 왕자를 찾아 떠난다. 모란꽃으로 변한 왕자를 다행히 찾은 공주는 그 곁을 떠나지 않도록 해 달라며 열심히 기도를 하고, 그 정성에 감동한 하늘이 공주를 작약으로 변하게 하여 모란 곁을 늘 지키게 한다. 그래서 매년 같은 계절, 같은 자리에 모란이 먼저 피고 이어서 작약이 피어나는 모습을 볼 수 있게 되었다는 이야기다.

이런 전설 때문인지 정원을 조경하는 분들은 모란과 작약을 함께 심는 경우가 많다. 윤선도의 집이었던 해남 윤씨 종가인 녹우당 마당이나 프란치스

* 서구에서는 모란과 작약을 둘 다 피오니(peony, paeony)라고 하는데, 이와 관련된 이름인 듯하다. 그리스 신화에서는 약초를 이용해 신들의 상처를 치료해 주는 신들의 의사 이름이 파에온(paeon)이다. 작약의 학명인 파이오니아(paeonia)는 이 이름에서 유래했다.

코 수녀원 화단, 데레사여고 정원에서도 이 둘은 4월에서 5월까지 정원을 기품 있게 장식한다.

이름에 새겨진 다양한 사연

모란은 처음에는 따로 이름이 없었다고 한다. 모란이라는 한글 이름은 15세기부터 쓰였는데, 사실 이는 목단(牧丹)의 중국어 발음인 '모단'이 유음화되어 나타난 말이다.

한편 모란을 목작약(木芍藥)이라고도 하는데, 약학서 『본초강목』에 "당나라 사람들은 이것을 목작약이라고 불렀다. 꽃은 작약과 비슷한데, 수령이 더해질수록 그 줄기가 나무처럼 변해 가기 때문이다."라는 대목이 나온다고 한다. 이런 명명에서 알 수 있듯이 모란은 분류학적으로 목본 식물이고, 작약은 초본 식물이다. 모란은 나무처럼 겨울에도 가지가 남아 있고 봄이 되면 여러 가지가 새로 뻗어 나와 꽃이 핀다. 반면 작약은 겨울이 되면 지상의 줄기는 풀처럼 완전히 시들어 버리고 봄이 되면 새 줄기가 올라온다.

이 밖에도 모란은 부귀화(富貴花), 낙양화(洛陽

花), 곡우화(穀雨花) 등 또 다른 이름도 갖고 있다. 낙양화는 모란이 측천무후의 말을 듣지 않아 낙양(뤄양)으로 추방된 고사에 얽힌 이름이며*, 곡우화는 꽃이 피는 절기와 관련된 이름이다.

모란과 작약은 약재로도 이름이 있다. 목단피(모란 뿌리의 껍질)는 몸과 마음을 진정시키고 열을 없애는 데 유용하며, 작약은 이름 자체에 약(藥) 자가 들어갈 정도로 해열과 해독, 진통 진정과 소염에 약효가 뛰어나다고 한다.

* 중국 역사에서 유일한 여자 황제였던 당나라의 측천무후는 겨울에 꽃에게 내린, "다음 날 아침에 상원(上苑)에 놀러 갈 테니 새벽바람을 기다리지 말고 밤에 꽃을 피우라."라는 명령을 나무에 써서 걸어 두었다고 한다. 다음 날 아침 황제의 명령대로 모든 꽃이 피었으나 오직 모란꽃만 피지 않았다. 산시성 장안(시안)의 궁궐에 있던 측천무후는 화가 나서 모란을 낙양(뤄양)으로 보낸다. 이 때문에 모란을 낙양화라고도 불렀다고 한다.

그대 가는 길에 불 밝히리, 초롱꽃

◦ 분류: 초롱꽃과의 여러해살이풀
◦ 꽃말: 감사, 충실, 정의

#여름 #초롱꽃 #환한_당당함 #늴리리야 #꽃초롱
#인생의_완성기

초롱꽃은 늘씬한 키에 아름다운 자태를 자랑한다. 여름철 산속이나 화단에서 피어나는 초롱꽃은 그야말로 싱그럽다. 키가 너무 크면 꽃대가 앞으로 기울어지기도 하지만 수많은 초롱을 달고도 늘씬하고 당당한 모습을 뽐낸다. 그래서인지 초롱꽃 꽃말 중에 '정의'도 있다. 불을 밝히는 초롱처럼 사회를 밝고 환하게 한다는 의미일 것이다.

여름이면 성모동산 산책길에서도 초롱꽃을 만난다. 다정한 누군가가 초롱불을 환히 밝히고 지나가는 이들을 반기는 듯하다. 우리 민요 「늴리리야」의 노랫말 "청사초롱 불 밝혀라 잊었던 낭군이 다시 돌아온다"(『국악교육 활성화 방안』, 국립국악원, 2022, 53쪽)처럼 밝고 즐거운 느낌을 준다. 사실 경기 민요

「늴리리야」는 떠나간 임에 대한 그리움이나 늙음에 대한 한탄 등 슬픈 내용이 많으나, 경기 민요 특유의 경쾌함과 후렴의 흥겨운 리듬 덕에 밝고 즐거운 느낌을 준다.

사랑이여, 보아라
꽃초롱 하나가 불을 밝힌다.
꽃초롱 하나가 천리 밖까지
너와 나의 사랑을 모두 밝히고
해질녘엔 저무는 강가에 와 닿는다
저녁 어스름 내리는 서쪽으로
유수(流水)와 같이 흘러가는 별이 보인다
우리도 별을 하나 얻어서
꽃초롱 불 밝히듯 눈을 밝힐까.
눈 밝히고 가다가다 밤이 와
우리가 마지막 어둠이 되면
바람도 풀도 땅에 눕고
사랑아, 그러면 저 초롱을 누가 끄리.
저녁 어스름 내리는 서쪽으로
우리가 하나의 어둠이 되어

또는 물 위에 뜬 별이 되어
꽃초롱 앞세우고 가야 한다면
꽃초롱 하나로 천리 밖까지
눈 밝히고 눈 밝히고 가야 한다면.

— 박정만, 「작은 연가(戀歌)」(『박정만 시 전집』, 해토, 2005)

밝은 희망을 주는 시다. 꽃초롱 하나로 너와 나의 사랑에 불을 밝히고, 해 질 녘엔 저무는 강가에 가닿는다. 저무는 강가는 소멸이나 좌절이 아닌 생성과 희망의 의미로 읽힌다. 또는 너와 나의 사랑으로 갈등이나 시련이 사라진 평온한 인생의 완성기를 뜻하는 듯도 하다. 화자는 밤하늘의 별을 따서 눈을 밝히고 꽃초롱을 앞세워 빛과 희망의 세계로, 천 리 밖까지 우리가 세상의 빛이 되는 세계로 나아가고자 한다.

이 시의 "꽃초롱 불 밝히듯 눈을 밝힐까." 구절이 수능 시험 필적 확인란 문구로 나온 적이 있다. 혹시 생각지도 못한 문제가 생겼을 때 응시자 본인을 확인하기 위한 필적 확인 수단으로 쓰인 것이다. 정지용을 비롯한 수많은 시인들의 시 가운데 가장 아름다운 구절이 필적 확인용으로 선택되어 왔다. 그중 저 박정만의 시구는 역대 등장한 시구 가운데 가장 아름다운 것 중 하나로 손꼽힌다.

이렇듯 서정적이고 아름다운 표현을 구사했던 박정만 시인은 1981년에 있었던 '한수산 필화 사건'으로 국군보안사령부에 끌려가 혹독한 고문을 당하고, 그 후유증으로 마흔을 갓 넘긴 젊은 나이에 세상을 떠난다. 소설 속에 등장하는, 군인을 비판하는 내용의 구절 하나 때문에 잡혀간 소설가 한수산은 관련자를 대라는 서슬 퍼런 신군부의 압박에 아무런 관련이 없어 금방 풀려날 것이라 믿고 박정만의 이름을 댔다. 그런데 그들은 박정만을 붙잡아 아무런 조사도 하지 않고 바로 고문부터 시작했다고 한다. 한 시대의 비극이며, 뛰어난 서정시인을 허무하게 잃은 일이었다.

풍성하고 아름다운 감각의 제국, 비파

◦ 분류: 장미과의 상록 교목
◦ 꽃말: 현명, 온화

#여름 #비파 #비파나무 #비파_열매
#새로운_과일 #일본_나가사키 #감각의_제국

비파나무는 2천 년 전의 중국 문헌에서도 언급된 나무로, 윈난성, 광둥성, 광시성, 푸젠성, 장시성, 후난성 등 중국 남부에서 널리 자라는 식물이다. 그런데 17세기 이후 일본에서 다양한 품종이 개발되어 서구에는 비파가 일본의 과일로 먼저 알려졌다. 일본에서는 남쪽의 규슈가 대표적인 비파 산지다. 비파가 들어간 젤리나 찹쌀떡 등을 만들어 지역 특산물로 판다. 나가사키역 안에서 만난 관광 기념품들 가운데 노란 찹쌀떡으로 만들어진 다양한 비파 간식거리들은 시각적으로도 아름다웠다.

비파(枇杷)라는 이름은 그 잎이 비파(琵琶)라는 현악기를 닮아서 붙은 것이라고 전해진다. 또 다른 설도 있는데, 열매의 모양이 비파 악기와 비슷해서 붙은 이름이라는 것이다. 우리나라 남부 지방에서 자라는 비파나무 열매는 모양이 대체로 동그랗지만 일본이나 중국 등지에서 과일로 먹는 비파는 비파 악기처럼 타원형인 것도 있다. 일본의 오사카 우메다역 한큐백화점에서 파는 비파는 10개들이 한 상자에 5~6만 원 정도의 가격표가 붙어 있었다. 아마 꽤 고급 과일로 인식되는 듯했다.

우리나라에는 비파나무가 중국이나 일본을 통해 들어와 남부 지방에 많이 보급되었다. 상업적 재배를 위한 것이기보다는 나무의 모양이 아름다워 조경용으로 많이 심었다. 10여 년 전부터는 일본에서 나무를 수입해 전라남도 완도나 고흥 등 남부 지방에서 비파를 상업적으로 재배하는 움직임이 있는데, 비파 생산과 소비가 늘어나면 우리나라에서도 비파를 과일로 인식하게 될 날이 올 것이다.

비파, 익숙함 속에서 경험하는 이질감

성모여고 연못 정원에도 비파나무가 있다. 키가 크고 수형이 멋진 나무다. 비파가 열리는 초여름이면 두 뜰보리수의 붉은 열매와 함께 풍성하고 아름다운 여름의 시작을 알린다. 전교생이 맛봐도 될 만큼 많이 열린 열매를 따서 학생들에게 맛을 보라고 건네주면 다양한 반응이 나온다. 비파 마니아가 되는 학생도 있고, 경험하지 못한 독특한 맛에 적응하지 못하는 학생도 있다. 하지만 둘의 공통점은 정말 즐거워한다는 것이다. 시각, 촉각, 후각, 미각 등 온갖 감각을 동원해 경험해 보지 못했던 새로운 과일을 접한다는 건 미지의 세계와 조우하는 것과 다름없다. 동남아 어딘가에서 비파를 만났다면 그렇게 즐거워하거나 신기해하지는 않았을 것이다. 익숙한 곳에서 만나는 이질감과 새로움, 그것도 시각뿐 아니라 여러 감각이 일깨워지면서 만나는 새로운 세계는 더 큰 기쁨으로 다가오기 마련이다.

데레사여고와 자매결연을 맺은, 일본 나가사키에 있는 학교 주변에도 비파나무가 많았다. 자매 교류 행사 때 보니 비파를 아는 두 나라 학생들이 비파를 두고 '비파'네, '비와(びわ)'네 하며 이름이 비슷하다고들 떠들고 웃고 신기해했다. 나가사키는 비파 축제까지 열리는 지역이라 비파가 꽤 유명한 과일이다. 비파를 '피파'라 발음하는 중국 남부 지방 학생들까

지 있었다면 분위기가 더 즐거웠을 것이다.

감각의 제국에 초대합니다

비파가 오면 손깍지를 끼고 걷자. 손가락 사이마다 배어드는 젖은 나무들. 우리가 가진 노랑을 다해 뒤섞인 가지들이 될 때, 맞붙은 손은 세계의 찢어진 안쪽이 된다. 열매를 깨뜨려 다른 살을 적시면 하나의 나무가 시작된다고. 그건 서로 손금을 겹쳐본 사람들이 같은 꿈속을 여행하는 이유.

길게 뻗은 팔이 서서히 기울면 우리는 겉껍질을 부비며 공기 속으로 퍼지는 여름을 맡지. 나무 사이마다 환하게 떠오르는 진동들. 출렁이는 액과를 열어 무수히 흰 종들이 부딪히는 소리를 들어봐. 잎사귀들이 새로 돋은 앞니로 허공을 깨무는 동안.

우리는 방금 돋아난 현악기가 되어 온통 곁을 비워간다. 갈라진 손가락이 비로소 세계를 만지듯이 나무가 가지 사이를 비워내는 결심. 서로가 가진 뼈

를 다해 하나의 겹쳐진 씨앗을 이룰 때, 빛나는 노
랑 속으로 우리가 맡겨둔 계절이 도착하는 소리.

— 이혜미, 「비파나무가 켜지는 여름」
(『뜻밖의 바닐라』, 문학과지성사, 2016)

『뜻밖의 바닐라』는 생명력 가득한 시집이다. 모든 목숨 붙은 것들이 그렇듯 생명의 탄생과 유지에는 비릿하고 미끈거리는 감각이 필요하다. 이혜미 시인은 그런 감각들을 세련된 문장으로 빚어서 감각의 제국을 이루어 놓았다. 위 시에서도 시각, 후각, 촉각, 청각이 뒤섞여 농염한 향기와 빛깔을 지닌 새 생명체가 탄생하는 과정을 무척이나 독특하게 담아냈다.

여름은 생명의 계절이다. 한 나무가 탄생하기 위한 긴 여정을 액체의 출렁임으로 표현한 시인은 비파나무라는 식물을 잘 이해하고 있는 듯하다. 잘 익은 비파 열매도 인간의 몸처럼 수분을 많이 함유하고 있다. 출렁이는 액과를 터뜨려 다른 살을 적시면 새로운 생명이 자란다. 오랜 시간이 지나 잎사귀들이 가지가 되고 서로의 뼈가 모여 하나의 씨앗을 만들 때, 빛나는 노랑 속으로 우리가 맡겨 둔 계절이 도착한다.

5부

나를 다스리는 아름다움

#일터 #데레사여고
#자연과의_교감 #성찰과_성숙

초대하는 말

데레사여고는 도심의 작은 화원이다. 학교가 있는 범일동 일대가 주거 및 상업 시설이 밀집해 있는 곳이고 산자락 쪽으로는 바라만 봐도 갑갑한 가파른 계단으로 이루어진 동네라 녹색 공간을 찾기 힘들다. 회색의 콘크리트 숲 한가운데 있는 데레사여고도 자세히 보지 않으면 그저 콘크리트 건물만 있을 뿐이다. 데레사여고를 첫 번째로 지망한 학생들에게 이유를 물었더니 학교에서 흙을 밟지 않아서 좋다는 이야기가 나올 정도다. 그럼에도 도심의 작은 화원이란 표현을 쓴 것은 학교 구석구석에 잘 갖춰진 화단과 적지 않은 화분들에서 철마다 꽃과 잎이 피어나기 때문이다.

학교에 위아래로 있는 두 운동장 가운데 정원 비슷한 위쪽 운동장에는 교목인 거대한 두 그루의 등나무가 동서와 남북 방향으로 뻗어 있다. 이 때문에 해마다 철골 지지대를 벗어난 등나무 줄기를 정리하는 것도 만만치 않은 일이다. 그리고 원형의 정원에서는 초본류 식물이, 구관 쪽 화단에서는 비교적 덩치가 큰 나무들이 자라고 있다. 아래쪽 운동장에서도 스탠드 계단 아래와 수위실 양쪽으로 교목과 관목이 적절히 섞여 자라고 있다. 수위실 뒤쪽 텃밭에는 스테파노 주사님의 비밀 농장이 자리해 있다.

데레사여고에는 발령이 세 번이나 나서 모두 16년을 근무했고, 거의 매일 화단 주변을 산책하듯 다녀서 화단이나 화분에 있는 식물들을 눈 감고도 설명할 수 있는 정도가 되었다. 나는 그들과 매일 친밀하게 교감을 나누었다. 자연환경이 좋은 곳이었다면 나무 한 그루, 꽃 한 송이를 오히려 그렇게 세밀하게 관찰하지는 않았을 것이다. 이런 시간들이 쌓여서 자연과 더 교감하고 그들이 지닌 품성과 아름다움을 배우게 되었다.

교정 곳곳에서 서향이나 라일락, 연꽃이 피어나면 맑은 향과 깨끗한 모습에 내 영혼조차 맑고 향기로워진다. 망종화가 피는 여름 석 달 동안은 눈이 즐겁다. 화사한 금빛 레이스 같은 수술의 고운 모습에 취해 있으면 까끄라기가 있는 종자라는 망종화 이름을 떠올리게 되고, 자연스레 내 마음의 까끄라기에 대해 생각하게 된다. 그리고 접시꽃이 피면 도종환 시인의 시나 최치원 선생의 시가 절로 떠오른다. 가을날의 국화도 많은 것을 생각하게 한다.

이렇듯 꽃 한 송이조차도 내 영혼을 맑게 하고 삶에 대한 성찰을 이끌어 낸다. 그들에 대한 작은 관심과 애정이 큰 혜택으로 돌아온다. 더불어 꽃을 다룬 다양한 문학 작품을 감상하며 시공간을 초월한 인문학적 인식의 공감대를 얻는 일은 큰 축복이 아닐 수 없다.

다양한 들꽃과 나무 소재를 한 폭의 문인화를 그리는 마음으로 글에 담아 나갔다. 시(詩)와 서(書), 화(畵)가 하나의 대상을 함께 어우러지는 한 폭의 글과 그림으로 담아내듯 각 소재들을 그려 나갔다.

글과 그림 하나가 완성될 때마다 대상을 단순히 바라만 보았다면 결코 얻을 수 없었을 많은 것들을 생각하게 되었다. 자연과 나를 연결하는 작업을 통해 더욱 성숙한 나를 만나는 의미 있는 시간이었다.

그대의 이름은 천리향, 서향

◦ 분류: 팥꽃나뭇과의 상록 관목
◦ 꽃말: 꿈속의 사랑, 불멸

#서향 #천리향 #향기 #허브 #봄의_전령
#실존적_고독 #끈끈한_정

서향(瑞香)은 원산지가 중국이며, '천리향', '수향(睡香)'이라고도 불리는 나무다. 꽃은 봄에 피는데 속은 희고 겉은 자줏빛이며 향이 강해서 온 정원을 채운다. 씨가 잘 맺지 않아 주로 꺾꽂이로 번식하게 한다. 데레사여고에 근무하시는 스테파노 주사님은 서향을 비롯해 수국, 비파, 벤자민 같은 나무들을 삽목해서 교정 곳곳에 꽃향기를 퍼뜨린다. 본인의 일이 아니지만 식물에 대한 애정으로 나무와 꽃을 가꾼다.

서향은 매화나무와 납매(臘梅)에 이어 꽃으로 봄을 향기롭게 하는 대표적인 향기 식물이다. 이런 까닭에 많은 정원에서 이 나무를 만날 수 있으며, 옛날부터 우리에게 매우 친숙한 식물이다. 우리나라 최초의 원예서인 『양화소록(養花小錄)』에는 서향에 대해 악취와 부패의 우려가 있는 것이나 오줌 같은 거름을 주기보다는 맑은 물을 주면서 가꾸어 서향의 품격과 완상적 가치를 살리도록 강조한 내용이 나온다고 한다. 또한 지접법(地接法, 휘묻이)이라는 번식법도 소개돼 있단다.

이 책을 쓴 강희안은 한글 창제에 관여한 집현전 학자이자, 시서화에 모두 뛰어난 선비 화가였다. 그는 자연을 사랑하는 것으로 유명했는데, 집을 각양각색의 꽃으로 채웠으며, 꽃들을 키우면서 사물에 깃든 이치를 살피고 이를 통해 마음을 수양했다고 한다. 그가 그린 그림 「고사관수도(高士觀水圖)」에는 석벽을 배경으로 물과 바위 그리고 물억새류의 식물 줄기를 관찰하고 있는 선비가 등장한다. 무심하게 그려진 듯 보이지만, 주변의 모든 자연물을 관조하는 고아(高雅)한 선비의 모습을 잘 담아낸 그림이다.

사람과 사람을 잇는 향기의 힘

우리 주변에서는 계절마다 향기 좋은 식물들이

많이 피어난다. 허브 종류인 식물은 말할 것도 없고, 이른 봄의 매화에서부터 아까시나무, 재스민, 꽃치자, 꽃댕강, 인동덩굴, 광나무, 아왜나무, 금목서, 은목서 등 꽃이 피었을 때 존재감을 뿜뿜 내뿜는 식물이 많다. 그중 봄의 전령인 서향은 누구에게도 뒤지지 않는 우아한 향기를 품고 있다. 긴 겨울을 지나고 나온 싱그러운 녹색 잎 사이에서 하얀 꽃송이들이 동그랗게 뭉쳐 신부가 든 부케처럼 피어난다.

세상에 천리향이 있다는 것은
세상 모든 곳에 천리나 먼
거리가 있다는 거지
한 지붕 한 이불을 덮고 사는
아내와 나 사이에도
천리는 있어,
등을 돌리고 잠든 아내의
고단한 숨소리를 듣는 밤
방구석에 처박혀 핀 천리향아
네가 서러운 것은
진하디진한 향기만큼

아득한 거리를 떠오르게 하기 때문이지
얼마나 아득했으면
이토록 진한 향기를 가졌겠는가
향기가 천리를 간다는 것은
살을 부비면서도
건너갈 수 없는 거리가
어디나 있다는 거지
허나 네가 갸륵한 것은
연애 적부터 궁지에 몰리면 하던 버릇
내 숱한 거짓말에 짐짓 손가락을 걸며
겨울을 건너가는 아내 때문이지
등을 맞댄 천리 너머
꽃망울 터지는 소리를 엿듣는 밤
너 서럽고 갸륵한 천리향아

— 손택수, 「아내의 이름은 천리향」(『목련 전차』, 창비, 2006)

부부는 촌수가 없을 정도로 가까운 사이지만 돌아서면 남이다. 곁에 누워 등 돌리고 잠든 배우자가 아득히 먼 사람으로 느껴지는 밤이 많이 있었을 것이다. 그럴 때 배우자는 "방구석에 처박혀 핀 천리향"이다. 사람에 따라서는 상대에게 '곁에 있어도 그대가 그립다.'며 닭살 돋는 소리를 하기도 하지만, 상대나 자신이나 그런 행운을 안고 살아가는 사람은 드물다.

위 시의 화자는 부부가 한 지붕 한 이불 아래 살을 비비며 살아도 그 사이엔 천 리나 되는 아득한 거리가 있다고 말한다. 이 말에 인간의 실존적 고독을 느낀다. 하지만 그 먼 거리를 이을 만큼 진한 향기가 있다. 그건 바로 천 리가 떨어져 있어도 서로에게 쌓인 끈끈한 정이다. 수많은 시간을 함께하면서 켜켜이 쌓아 온 사연들이 진한 향기가 된다. 그 향기에는 연애 시절 둘만이 비밀스럽게 간직했던 기억이나 행복하고 소중했던 수많은 사연들이 스며 있기 마련이다.

어려운 시절 아내는 내 다짐이나 거짓말에 알고도 속고 모르고도 속아, 손가락 걸며 겨울이라는 추운 시련의 시간을 건너왔을 것이다. 그런 아내의 서럽고 갸륵한 마음을 달래는 위로의 시구들이 따스하다.

성녀의 꽃, 오랑캐의 꽃, 제비꽃

◦ 분류: 제비꽃과의 여러해살이풀
◦ 꽃말: 성실, 겸손, 교양, 나를 생각해 주오, 순진무구한 사랑

#제비꽃 #개미_산포 #성녀_데레사 #오랑캐꽃
#외로이 #이념의_틀

3월인데도 봄을 시샘하는 찬 바람이 부산항 쪽에서 불어와 봄기운을 느끼기 어렵다. 하지만 3월도 중순을 지나니 목련꽃이 비늘눈을 뚫고 나와 하얗게 터질 준비를 한다. 서향은 일찌감치 꽃을 피웠고, 살구꽃과 자두꽃도 꽃망울을 터뜨리려 한다.

화단가에 광대나물과 별꽃이 보여 자세히 보려고 고개를 숙이니 화단 경계석 좁은 틈에서 제비꽃이 보인다. 운동장 쪽 화단을 보니 자산홍 사이사이로 제비꽃들이 피어 있다. 그런데 내가 기억하는 제비꽃이 피는 자리와는 거리가 있다. 데레사여고에는 운동장이 위아래로 두 개가 있는데, 원래 제비꽃이 피는 자리는 위쪽 운동장 화단가와 아래쪽 운동장으로 내려가는 계단 아래 연못가였다. 의외의 자리에서 개체가 많이 늘어난 것 같아 제비꽃이 씨앗을 퍼뜨리는 방법을 알아보니 고개가 끄덕여진다.

제비꽃은 연약한 이미지와 달리 생명력이 매우 강하다. 다른 풀들과 섞여 있으면 뿌리가 잘 뽑히지 않으며, 전에는 피지 않았던 땅에 생뚱맞게 피어나기 일쑤다. 종자를 퍼뜨리는 방식이 독특한데, 씨앗에 개미가 좋아하는 엘라이오솜이라는 지방 덩어리가 있어 개미들이 그것을 애벌레의 식량으로 쓰고 씨앗을 버림으로써 종자가 퍼지도록 한다. 이를 '개미 산포'라 한다. 개미 산포를 하는 식물로 광대나물, 복수초, 얼레지, 애기똥풀 등이 있다. 이를 보면 식물은 움직일 수 없다는 것도 고정 관념 같다. 그걸 깨는 생존 전략이 있으니 말이다.

화단에서 볼 수 있는 팬지나 비올라도 제비꽃의 원예 종이며, 최근에 눈에 자주 띄는 종지나물도 미국제비꽃이다. 이기대 산자락이나 백련사 가는 길에는 남산제비꽃과 흰젖제비꽃같이 흰색 꽃도 많이 보인다. 해안가에는 보라색 제비꽃이 많이 핀다.

그리스의 나라꽃이기도 한 제비꽃은 장미꽃, 백합꽃과 함께 성모께 바치는 꽃이 되었는데, 장미꽃은 아름다움을, 백합꽃은 위엄을, 제비꽃은 성실과 겸손을 나타낸다고 한다. 이런 상징성을 따르는 데레사여고의 교화가 제비꽃이다.

성녀인 '소화(小花) 데레사'는 프랑스 출생으로, 가르멜 봉쇄 수도회에서 수녀로 살다가 24세의 젊은 나이로 생을 마감한다. 데레사 수녀는 단순하고 작은 일에 충실하여 크게 부각되는 삶을 살지는 않았다. 선종 후 가르멜수도회에서는 데레사 수녀가 수도회 생활 동안 기록한 자서전 『성녀 소화 데레사 자서전』(*Histoire d'une âme: Manuscrits autobiographiques*, 안응렬 옮김, 가톨릭출판사, 2011, 원서는 1972년 출간)을 출간한다. 이 책이 가톨릭교회 안에 널리 알려지고 나서 데레사 수녀는 선교의 수호성인으로 지정된다. 데레사 수녀가 어린 시절을 보낸 프랑스 북서부의 리지외는 프랑스 남부의 루르드 성모 발현지 다음으로 유명한 순례지가 되었다. 그리고 이곳에 '성녀 데레사 대성당(Basilique Sainte Thérèse)'이 봉헌되어 성녀를 기리고 있다.

배고픔에서 시작된 오랑캐꽃이란 별칭

월북 시인 조운이 남긴 작품 중 「오랑캐꽃」이라

는 시가 있다. 여기서 오랑캐꽃은 제비꽃을 말하는데, 그 연유는 이러하다. 제비꽃의 이름은 꽃 모양이 하늘을 나는 제비를 닮아서, 또는 강남 갔던 제비가 돌아올 무렵(삼짇날)에 꽃이 핀다고 해서 붙은 것이라 한다. 그런데 삼짇날, 그러니까 음력 3월 초사흗날 즈음은 춘궁기로 양식이 거의 바닥나는 시기다. 여진족 같은 북쪽의 오랑캐에게도 그런 사정은 마찬가지다. 그들은 춘궁기가 되면 우리 땅에 쳐들어와 양식을 빼앗고 논밭에 뿌릴 씨앗마저 강탈해 갔다. 제비꽃이 필 무렵이 되면 함경도, 평안도 사람들은 오랑캐가 쳐들어올지 몰라 하루하루를 걱정과 근심으로 살아야 했다. 그래서 제비꽃을 오랑캐꽃, 시름꽃이라고도 하게 됐다는 것이다.

오랑캐는 공포의 대상이기도 했지만 차별의 대상이기도 했다. 차별은 혐오와 소외를 낳는다. 지난 시간, 우리에게는 많은 오랑캐가 있었다. 그리고 오늘날, 우리를 둘러싼 국가들 모두가 마치 오랑캐인 듯하다. 그들을 혐오하거나 차별하는 모습이 횡행한다. 심지어 자신과 생각이 다른 타인 모두를 혐오하는 사고의 경직까지도 흔히 나타나고 있다.

조운은 우리 민족의 서정과 정감을 짧은 시조 형식에 잘 녹여 내 '현대 시조의 교과서'라고 일컬어졌던 천재 시인이다. 일제로부터 해방 후 조선문학가동맹에서 활동하다 한국 전쟁 때 월북했다. 그는 좌익에 의한 피해가 극심했던 전남 영광군 출신이라 아직 그의 고향 영광군은 그를 '월북'의 틀에 가둬 놓고 있다. 일제 강점기에는 반일 운동으로 옥고까지 치렀고 해방 뒤에는 이념의 틀에 묶이는 바람에 그의 시는 아직도 날개를 펴지 못하고 있다.

「오랑캐꽃」의 화자는 "길가 돌담불에" 핀 "너"(오랑캐꽃)를 보며 "외로이" 피었다고 말한다. 그런데 "너 또한 나를 보기를" "너 보듯 했더냐."라고 묻는다.(『조운 시조집』, 작가, 2000) "너" 또한 화자인 "나"를 외로운 존재로 봤냐는 것이다. 우리의 문학적 전통 속에 수없이 등장하는 슬픔의 감정 이입을 담담하고 맵시 있게 표현했다.

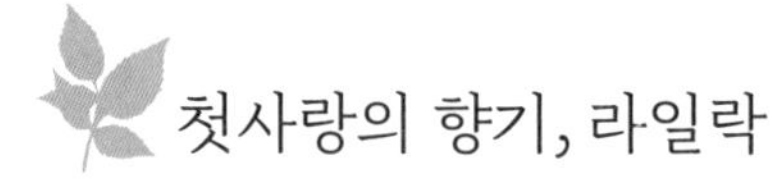

첫사랑의 향기, 라일락

◦ 분류: 물푸레나뭇과의 낙엽 소교목
◦ 꽃말: 첫사랑, 젊은 날의 추억

#라일락 #나무와_꽃의_공간 #수수꽃다리 #진한_향기 #첫사랑

교정의 라일락이 막 꽃잎을 열기 직전 왠지 움츠러든 가지 모양이 어색하다. 자세히 보니 지난해 영역을 넘어온 등나무 덩굴들이 라일락 위쪽으로 번져 줄기를 감고 잡아채고 해서 라일락 가지들을 솜사탕처럼 돌돌 말아 버렸다. 그렇지 않아도 몇 해 전 큰 가지 하나가 운동장 쪽으로 넘어져 제 몸의 절반 정도를 덜어 낸 라일락이었다. 그런데 반이나마 남은 작은 가지들이 옹색하게 꽃을 피워 내려 하고 있다. 학교의 서 주사님과 함께 길게 늘어나는, 톱 일체형 전지 가위로 라일락으로 건너온 등나무 덩굴들을 잘라 낸다. 덩굴이 하나하나 잘릴 때마다 솜사탕 같던 라일락이 자기 부피를 통통 늘려 간다.

몇 살이나 된 라일락인지 궁금해서 전에 잘려

나간 큰 가지의 나이테를 세어 보려고 들여다보니 중간 부분은 벌써 썩어서 없어져 버렸다. 나머지 부분도 나이테 무늬가 희미하고 간격도 너무 좁은 데다가 불규칙해서 몇 번 세어 보다가 포기했다. 그래도 지름이 한 뼘은 넘으니 적어도 50살은 넘었을 것이라 짐작한다.

대충 정리하고 보니 부피를 키우지 않고 위로만 향했던 황금사철나무가 라일락의 절반가량을 덮고 있는 게 답답해 보인다. 이번에는 스테파노 주사님과 함께 사철나무 가지들을 정리한다. 가지가 이리저리 잘려 나간 황금사철나무는 미용실을 다녀온 강아지 푸들 같다.

그러고서 다시 보니 그 위로 한참 뻗어 올라간 목련 가지들이 보인다. 그나마 목련은 나무 모양이 좋고 보기에 답답하지 않아 가지치기를 끝낸다.

좁은 화단에 심어 둔 등나무, 라일락, 향나무, 식나무(청목), 단풍나무, 아왜나무 등이 세월이 갈수록 자신들의 영역을 넓히는 까닭에 나무 밀도가 너무 높다. 해마다 피고 지는 꽃잎과 나뭇잎 들이 우리에게 계절의 변화를 알리고, 삶의 여유와 생명의 소중함, 자연의 섭리를 가르쳐 주는데 공간이 좁은 탓에 마음껏 자라는 모습을 보지 못해 안타깝다.

라일락의 우리말 이름은 서양수수꽃다리다. 꽃이 마치 수수꽃처럼 핀다는 뜻이다. 품종에 따라 흰색, 연보라색, 붉은 보라색 등의 꽃이 피는데, 보라색 계통이 가장 흔하다. 이 글 제목에 수수꽃다리를 쓰고 싶었지만 내가 사는 지역이 수수꽃다리 자생지도 아니고, 내가 조사한 것을 토대로 내 곁에 있는 나무들의 꽃과 잎을 관찰해 보니 라일락이란 판단이 들어 아쉽지만 라일락을 썼다.

라일락과 수수꽃다리는 꽃만 봐도 같은 꽃이라 할 만큼 구별이 쉽지 않다. 색깔이나 꽃잎 크기가 비슷하고 가지 모양도 비슷하다. 그나마 눈에 띄는 차이는 나뭇잎의 길이와 화관통부(花冠筒部, 꽃에서 통형 또는 깔때기 모양으로 된 부분)의 길이다. 먼저 라일락의 잎은 길이가 폭보다 길어서 길쭉한 삼각형 모양이며, 수수꽃다리의 잎은 길이와 폭이 비슷해 하트 모양으로 생겼다. 그리고 라일락의 화관통부는 1센티미터 정도로 짧아서 꽃이 촘촘해 보이고, 수수꽃다리의 화관통부는 2센티미터 정도로 길어서 꽃이 상대적으로 늘씬하고 덜 촘촘해 보인다.

라일락은 꽃의 향이 강한 것으로 유명하다. 그래서 한자 이름도 정향(丁香)나무다. '정(丁)'은 십간(十干)의 네 번째로, 라일락의 꽃잎이 네 장이라서 붙은 것이란 설이 있고, 꽃의 모양이 '丁' 자를 닮아서 붙었다는 설도 있다. 프랑스어로는 '리라(lilas)'라고 한다. 「베사메 무초」(Besame Mucho)라는 노래에 나오는 바로 그 리라다.

'베사메 무초'는 'kiss me much'를 스페인어로 표현한 것이라 한다. 그렇다면 노래에 나오는 리라꽃 향기는 사랑하는 연인의 향기일 것이다. 이렇듯 라일락은 꽃향기가 좋아서 세계적으로 인기 있는 관상수가 되었다. 그런데 수수꽃다리에선 꽃향기가 라일락보다 더 은은하게 난다. 수수꽃다리가 더 많이 보급돼서 화사한 봄날, 그윽한 수수꽃다리의 꽃향기에 취할 수 있기를 소망해 본다.

라일락은 그 꽃말처럼 풋풋한 첫사랑의 추억을 떠올리게 한다. 꽃 피는 봄날 온 교정을 떠도는 꽃향기에 취해 무심코 바라보던 연보랏빛 꽃의 다발. 그 꽃이 라일락이라는 낭만적인 이름으로 불리는 것을 알았을 때, 윤형주 노래 「우리들의 이야기」에 담긴 달콤한 노랫말과 거기서 느껴지는 아련함이 결합돼 시너지 효과를 내었다. 화창한 봄날, 운명적으로 사랑하는 연인을 만날 것만 같은 설렘을 안고 길을 걷는다.

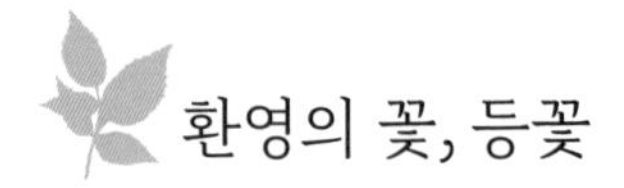

환영의 꽃, 등꽃

◦ 분류: 콩과의 낙엽 덩굴성 식물
◦ 꽃말: 환영, 환대, 사랑에 취하다

#5월 #등나무 #등꽃 #갈등 #환영의_상징
#조화로운_삶

봄은
연두의 독재 시대
저 살랑대는
확성기가
가지각색의
꽃향내 전단지를
뿌리고 다닌다

— 서형오, 「봄바람」(미발표작)

5월은 장미꽃과 등꽃의 계절이다. 화창한 5월에 화단을 가득 메운 장미꽃과, 하늘 높이 뻗어 오른 등나무 덩굴 아래로 늘어진 등꽃이 계절을 아름답게 장식한다. 요즘은 봄이 워낙 짧아서 5월에 여름을 느끼는 경우가 많아 등꽃이 봄날의 꽃인지, 여름날에 운치를 더하는 꽃인지 조금 헷갈리기도 하지만, 화사한 등꽃은 우리 마음을 늘 설레게 한다.

데레사여고의 교목이 등나무라 교정 두세 군데에 큰 등나무 벤치가 있다. 가지치기를 안 하고 자라는 대로 두었다면 운동장 열 개는 덮었을 만큼 생명력이 강하고 수령도 오래된 등나무다. 코로나19 대유행 이전에는 등꽃이 필 무렵이 되면 가끔 동네 할머니 한 분이 꽃구경을 오셨다. 처음 뵈었을 때 얼굴이 낯설어 "무슨 일로 오셨습니까?" 하고 물으니 "등꽃 보러 왔어요."라고 하셔서 꽃을 좋아한다는 동질감에 이런저런 이야기를 나누게 되었다. 이야기 끝에 "선생님, 이 이쁜 꽃을 앞으로 몇 년이나 더 볼 수 있을까요?"라고 하신다. "앞으로 몇십 년은 문제 없겠습니다."라고 답했지만, 할머니의 그 물음에 마음 한구석이 짠해 왔다.

갈등이 아닌 환영으로 떠올려져야

등나무는 갈등(葛藤)이라는 단어에 '등나무 등(藤)' 자가 쓰이는 바람에 무언가 꼬여 버렸다는 뜻을 내포한 것처럼 이해되는 경우가 많다. 갈등은 해결의 실마리를 찾지 못하고 대립과 모순으로 뒤엉켜 버린 상황을 뜻한다. 갈등의 갈(葛)은 칡을 뜻하며, 등(藤)은 등나무를 뜻한다. 시골에서 칡넝쿨을 자르거나 정리해 본 경험이 있는 사람이라면 낫이나 예초기를 감아 오는 넝쿨의 지긋지긋함을 느껴봤을 것이다. 하지만 이런 인식과는 달리 등꽃은 그 화사한 모습 덕에 '환영', '사랑의 결합'을 상징한다. 사실 칡은 냉온대 식물이며 등은 추위에 약한 난온대 식물로, 둘이 만나 함께 꼬여 올라갈 일은 별로 없을 것이다.

대만에 있는 자매 학교를 방문하러 타이베이에 갔을 때 그랜드호텔에 간 적이 있다. 이곳은 고대 중국의 궁궐을 모티프로 지어진 고급 호텔로, 연회장이 타이베이 시내와 101타워 등이 한눈에 들어오는 전망 좋은 곳에 자리해 있다. 호텔 로비를 지나 연회장이 있는 2층으로 올라가는 중간에 계단이 양쪽으로 갈라지는 곳이 있는데, 그곳 중앙에 어마어마한 크기의 등나무 그림이 걸려 있었다. 평소 그림에 관심이 많아 이 큰 그림이 도대체 왜 여기 있는지 그곳 관계자에게 물어보니 대만에서도 등꽃은 환영을 뜻해서 그 그림을 걸었다고 했다.

紫藤挂雲木(자등괘운목)

花蔓宜陽春(화만의양춘)

密葉隱歌鳥(밀엽은가조)

香風留美人(향풍유미인)

— 이백, 「자등수(紫藤樹)」
(기태완, 『꽃, 피어나다』, 푸른지식, 2015, 383쪽)

풀이

자줏빛 등꽃이 구름 낀 높은 나무에 걸리고

꽃 덩굴이 화사한 봄볕에 어우러지네

무성한 잎 속엔 노래하는 새가 숨었고

향기로운 바람엔 미인이 머무르네

시선(詩仙)으로 일컬어지는 이백은 등나무를 위와 같이 노래하였다. 자주색에 가까운 진보라색 꽃 때문에 흔히 등나무를 '자등(紫藤)'이라 한다. 등나무를 담은 문인화의 화제(畫題)에도 '자등춘색(紫藤春色)'이 많이 쓰인다.

위 시는 높은 나무를 감고 올라간 등나무에 꽃이 피어 봄에 화사한 정취를 더하고, 덩굴 속에서는 새가 노래하며, 봄나들이 가던 아름다운 여인도 발길을 멈추고 자줏빛 등꽃을 바라본다는 내용이다. 어려운 기교 없이 봄날의 풍경을 등나무 한 그루로 잘 그려 내었다.

등나무 아래에서 줄기가 꼬여 큰 둥치를 이루는 모습을 보며 타인과의 조화가 중요하다는 것을 새삼 느낀다. 한 가닥 줄기만으로는 결코 저렇게 성장할 수 없었을 것이다. 조화를 통해 튼튼한 줄기를 뻗고, 봄이 되면 일제히 아름다운 꽃을 피우며, 씨앗을 단다. 등꽃을 보며 타인과 더불어 살아가는 삶을 생각한다.

마음의 까끄라기를 떠올리다, 망종화

◦ 분류: 물레나물과의 소관목
◦ 꽃말: 변치 않는 사랑

#망종화 #금사매 #절기 #농번기 #까끄라기 #농가월령가 #노동의_마음

망종화는 개화 시기를 이름으로 삼은 독특한 꽃이다. 24절기 중 아홉 번째 절기이자 여름의 시작인 망종(芒種) 무렵부터 꽃을 피우기 시작해 장마가 끝날 때까지 계속해서 강렬한 노란색 꽃을 피운다. 올해 학교에 있는 망종화는 망종 하루 전부터 개화해서 그 이름의 의미를 새삼 느끼게 했고, 이 글을 쓰고 있는 9월 초까지도 학교 정원에서 마지막이 될지 모를 꽃을 한 송이, 두 송이씩 피우고 있다.

암술 부분과 무더기로 피어 있는 수술들까지 꽃 전체가 샛노랗게 피어나는 망종화는 예쁜 꽃이다. 노란 꽃술을 금빛 실로 생각했는지 금사매(金絲梅)라는 이름도 있다. 금실로 수를 놓은 매화라니 아름다운 이름이다. 황금색 꽃이 피어 있는 모습을 보면 잘 어울리는 이름이기도 하다. 꽃송이 수십 개가 한여름 내 뜨거운 태양 아래에서 끊임없이 피고 지는 모습은 경이롭기까지 하다.

망종화는 나무나 바위 아래, 잔디밭, 담장 주변 등 어디에 심어도 잘 자라고 모양도 우아하다. 개나리와 속성이 비슷해 포기 나누기나 삽목을 통해 기를 수 있다. 바깥 공간이 있는 집에서는 한두 포기 심어도 좋을 것 같다. 그러면 초여름부터 겨울 초입까지 아름다운 황금빛 꽃을 보게 될 것이다.

망종은 절기 외에 벼나 보리 등 까끄라기가 있는 곡식의 종자를 뜻하기도 한다. 동시에 그 종자(벼)를 심는 시기를 뜻하기도 한다. 망종까지는 보리를 베어야 논에 벼를 심고, 밭을 갈아야 콩도 심는다. 망종을 넘기면 모내기가 늦어지고 보리가 넘어져 수확하기도 어려워진다. "보리는 망종 전에 베라.", "망종에는 불 때던 부지깽이도 거든다."처럼 망종과 관련된 속담이 많은데, 결국 이 말들은 모내기와 보리 수확이 시기상 겹친다는 것으로 남부 지방의 망종은 1년 중 농부들이 가장 바쁜 때다.

한편 아침저녁으로 망종화를 바라보고 있으면

'까끄라기'라는 말 때문에 내 마음의 까끄라기를 생각하게 된다. 해서는 안 될 일을 했던 오만한 행동들, 젊은 시절 내뱉은 익지 못했던 말들, 지금도 양심이라는 저울에 달아 보면 함량 미달일 말과 행동들. 벼는 익을수록 고개를 숙인다는데 나는 고집만 더 세지지 않았나 하는 자괴와 후회가 든다. 망종화는 가히 자연의 흐름인 절기뿐 아니라 우리네 노동과 마음까지 들여다보게 하는 꽃이라 하겠다.

고단한 노동 속에 깃든 아름다움들

다산 정약용의 차남 정학유는 농가에서 매달 할 일과 세시풍속 등을 담은 「농가월령가(農家月令歌)」란 노래를 지었다. 5월 농사일을 기록한 부분을 보면 망종 무렵의 일이 얼마나 많았는지 알 수 있다.

오월이라 중하 되니 망종 하지 절기로다
남풍은 때맞추어 맥추를 재촉하니
보리밭 누런빛이 밤사이 나겠구나
문 앞에 터를 닦고 타맥장 하오리라
드는 낫 베어다가 단단히 헤쳐놓고

도리깨 마주 서서 즛 내어 두드리니
불고 쓴 듯하던 집안 졸연히 훙성하다
담석에 남는 곡식 하마 거의 진할러니
중간에 이 곡식이 신구생계하겠구나
이 곡식이 아니라면 여름 농사 어찌할꼬
천심을 생각하니 은혜도 망극하다
목동은 놀지 말고 농우를 보살펴라
뜨물에 꼴 먹이고 이슬풀 자주 뜯겨
그루가리 모심으기 제 힘을 빌리로다
보리 짚 말리우고 솔가지 많이 쌓아
장마나무 준비하여 임시 걱정 없이 하소

— 정학유, 「농가월령가 오월」 부분
(『예로부터 이른 말이 농업이 근본이라』, 민속원, 2021, 74~78쪽)

망종 무렵에는 보리타작을 마치면 소를 잘 먹여서 논도 갈고 밭도 갈아 모심기와 파종을 할 준비를 해야 한다. 다가올 장마에 눅눅해질 집 안을 건조하기 위한 땔감도 마련해야 한다.

상천이 지인하사 유연히 작운하니
때맞춰 오는 비를 뉘 능히 막을소냐

처음에 부슬부슬 먼지를 적신 후에
밤 들어 오는 소리 패연히 드리운다
관솔불 둘러앉아 내일 일 마련할 때
뒷논은 뉘 심우고 앞밭은 뉘가 갈꼬
도롱이 접사리며 삿갓은 몇 벌인고
모찌기는 자네 하소 논삼기는 내가 함세
들깨 모 담배 모는 머슴아이 맡아내고
가지 모 고추 모는 아기딸이 하려니와
맨도람 봉선화는 네 사천 너무 말라
아기어멈 방아 찧어 들바라지 점심하소
보리밥 파찬국에 고추장 상추쌈을
식구들 헤아리되 넉넉히 능을 두소
샐 때에 문을 나니 개울에 물 넘는다
메나리 화답하니 격양가 아니런가

— 정학유, 같은 글(80~84쪽)

때마침 오는 고마운 비에 모심기와 밭갈이를 준비한다. 이 일 말고도 들깨도, 담배도 심어야 한다. 가지나 고추 모종도 심어야 하니 맨드라미나 봉숭아 등 꽃을 구경할 시간은 없다. 농번기에 일이 쉴

새 없이 몰아닥치지만 시기에 맞춰 비가 오니 즐겁다는 격양가를 부른다. 아니, 비가 오면 좋겠다는, 비가 와야 한다는 기원 아닌 기원을 한다. 이렇듯 망종은 어린아이 손도 아쉬운 노동의 계절이다.

그래도 망종 하면 각인된 아련하고 아름다운 장면들이 있다. 그 무렵이 되면 온 들판에서 시각과 청각으로 즐기는 잔치가 벌어지는 것이다. 초여름의 따가운 햇살에 보리가 노랗게 익어 가고, 저녁이 되면 개구리들이 온 동네가 떠나가도록 울어 댄다. 농사일에 쫓긴 농부들은 저녁을 먹고 노곤한 잠에 빠져든다.

어릴 때 보리를 심은 밭들에서 일손이 모자라 수확이 늦어지면 보리가 바람에 넘어져 이리저리 물결을 이루는 모습을 많이 보았다. 보리는 서민의 곡식이지만 색깔만은 클림트 그림의 황금색처럼 화려한 귀족의 색상이다. 망종이 든 6월이 되면 황금빛으로 물결치던 보리밭. 고흐의 그림 속에 등장하는 노란 색채가 어디에서 왔는지 바로 알 수 있다. 요즘엔 보리 심는 곳이 드물어 그 강렬한 색상과 보리타작하는 모습을 보기 어려워 아쉬울 뿐이다.

순박해서 아름다운 당신, 접시꽃

◦ 분류: 아욱과의 여러해살이풀
◦ 꽃말: 단순, 평안, 풍요, 다산

#접시꽃 #존재감_약함 #풍요의_기원 #최치원
#서민적_존재 #접시꽃_당신

접시꽃은 어린 시절 시골의 담장이나 화단가에서 많이 보았던 꽃이다. 채송화나 봉선화, 코스모스, 달리아, 범부채, 수선화 같은 꽃들에 비해 멀대같이 쑥쑥 자라는 접시꽃은 해바라기와 쌍벽을 이루는 키다리 꽃이다. 접시꽃도 해바라기처럼 해를 따라가며 핀다. 이런 속성 때문에 해가 임금을 상징하던 시대에는 이 꽃들을 임금에 대한 충심을 상징하는 것으로 인식하기도 했다. 이런 이유로 접시꽃의 한자 이름은 촉규화(蜀葵花, 촉나라의 접시꽃)이고, 해바라기는 황촉규(黃蜀葵)라 하였다.

접시꽃은 단순하고 소박하다. 데레사여고의 아래쪽 운동장 화단에는 두 무리의 접시꽃이 핀다. 꽃이 피기 전까지는 수국이나 머위의 잎을 닮은 수수한 잎사귀가 존재감이 약해서 그 자리에 있는지도 모른다. 햇살 강한 여름날 문득 그 자리에서 짱짱하게 자라나 존재감을 드러낸다. 비슷한 모양의 꽃들이 꽃대를 따라서 아래쪽부터 끊임없이 피어나는 모습을 보면 '단순, 평안, 풍요, 다산'이라는 접시꽃의 꽃말에 고개가 끄덕여진다. 단순하고 소박한 모습의 꽃들이 풍요롭게 달려 있어서 이런 꽃말이 생겼으리라. 다만 꽃이 질 때까지 꽃대가 제대로 서 있는 게 별로 없어서 키에 비해 애처로운 꽃이기도 하다.

접시꽃이라는 이름은 씨앗의 모양 때문에 붙은 것이라 한다. 둥근 접시 모양의 씨앗들이 씨방을 빽빽하게 둘러 있어 그런 이름을 얻었다는데, 이름에 따른 선입견 때문인지 평평한 꽃 모양도 접시를 떠올리게 한다. 꽃의 색깔도 붉은색부터 분홍색을 거쳐 흰색까지 다양하다. 색감의 차이가 미묘하게 있어 진한 붉은색, 연분홍색, 진분홍색 등의 색깔도 있다.

寂寞荒田側(적막황전측)

繁花壓柔枝(번화압유지)

香輕梅雨歇(향경매우헐)

影帶麥風欹(영대맥풍기)

車馬誰見賞(거마수견상)

蜂蝶徒相窺(봉접도상규)

自慙生地賤(자참생지천)

堪恨人棄遺(감한인기유)

— 최치원, 「촉규화(蜀葵花)」
(기태완, 『꽃, 피어나다』, 푸른지식, 2015, 448쪽)

풀이

적막하고 거친 밭 옆에

번성한 꽃이 여린 가지 누르네

장맛비 그치니 향기는 가볍고

보리 바람 맞아 꽃 그림자 흔들리네

수레와 말 탄 사람 누가 보아 주리

벌과 나비만 서로 엿보고 있네

천한 땅에 태어난 것을 스스로 부끄러워하니

사람들에게 버림받은 것을 어찌 한스러워하겠는가

통일 신라 말기의 학자이자 문장가였던 최치원은 열두 살 어린 나이에 중국 당나라로 유학을 떠나 7년 만에 당당히 빈공과(외국인용 과거)에 합격한다. 문장가로 이름을 날리면서 명문 「토황소격문(討黃巢檄文)」을 비롯해 많은 시와 문장을 남기지만 당나라 사람에게 그는 동쪽 변방 소국 출신의 이방인에 불과했다. 이 시는 그러한 자신의 처지를 접시꽃에 비유해 노래한 것이다.

화자는 수련과 함련에서 조건이 좋지 않은 척박한 땅에서 자란 꽃이지만 가지를 누를 정도로 풍성한 꽃을 피운다고 말한다. 하지만 수레나 말을 타는 높은 지위의 사람들은 그에게 눈길조차 주지 않고, 벌과 나비 같은 하찮은 존재들이나 자신을 엿본다. 그러면서 스스로 천한 땅에서 태어난 것이 문제이지 감히 다른 사람을 탓할 수는 없다는 생각을 밝힌다. 여기서 천한 땅은 자신이 태어난 신라를 뜻할 것이다.

이 시를 최치원이 신라에 돌아와 지었다는 설도 있지만 그 의미는 크게 달라지지 않는다. 당나라에서 얻은 명성을 안고 스물아홉 살에 귀국해 육두품의 최고위직인 아찬에 올랐고, 진성 여왕에게 시무 10여조를 건의해 국정을 개혁하려 하였다. 하지만 진골 귀족 중심의 신분 체제와 국정의 문란함으로 개혁에 실패한다. 이후 정치에 대한 뜻을 버리고 각지를 유랑하다 가야산 해인사에서 여생을 마친다.

최치원의 삶과 시에서 엿보이듯 접시꽃은 주로 서민적이고 한스러운 존재로 묘사된다. 특별히 관리하지 않아도 봄이 되면 잎이 자라고, 여름에는 접시같이 생긴 꽃이 앞다투어 피어난다. 모란이나 작약, 국화 같은 꽃은 귀족들의 관심을 많이 받았지만, 너무도 흔하게 자라나는 접시꽃은 민가 주변에서 평민들이 심고 가꾸는 서민적인 꽃으로 자리매김하였다.

접시꽃을 우리에게 가장 널리 알린 사람은 도종환 시인이다. 「접시꽃 당신」이란 시를 통해서다. 세상을 떠난 아내에 대한 절절한 그리움을 담은 이 시는 1986년에 발표되었고, 동시대를 살았던 많은 사람의 심금을 울렸다. 접시꽃이 어떻게 생긴 꽃인지도 몰랐던 사람들이 이 시에 감동하고, 한국적인 여성상으로 접시꽃 이미지를 떠올리게 된다. 접시꽃은 멀대같이 큰 키 때문에 바람이 심하게 불면 옆으로 쓰러진다. 화자의 아내도 접시꽃처럼 무기력하게 쓰러져 갔을 것이다. "아침이면 머리맡에 흔

적 없이 빠진 머리칼이 쌓이듯 / 생명은 당신의 몸을 우수수 빠져나갑니다"(도종환, 『접시꽃 당신』, 실천문학사, 1986)라는 표현은 신라 시대 향가인 「제망매가(祭亡妹歌)」의 한 구절처럼 생의 허망함을 드러낸다. 하지만 화자는 이런 슬픔 속에서도 그간 살아온 날처럼 부끄럼 없는 삶을 살자는 다짐을 한다. 남은 날은 짧지만 나보다 더 슬픈 사람에게 자신을 주고 싶다는 화자의 다짐이 마음을 울린다.

아침을 맞이하는 환희, 나팔꽃

◦ 분류: 메꽃과의 한해살이풀
◦ 꽃말: 기쁜 소식, 덧없는 사랑

#나팔꽃 #모닝_글로리 #일본_문화 #치요조
#왕성한_생명력

나팔꽃은 여름날 아침을 상큼하게 밝히는 꽃이다. 화단이나 담장, 낮은 나무 등에 얹혀 아침이면 꽃잎을 활짝 열었다가 오후가 되면 지기 시작해서 저녁에는 꽃잎을 완전히 다물어 버린다.

그래서 나팔꽃은 아침을 상징하는 꽃이 되었다. 영어 이름도 '모닝 글로리(morning glory)'로 밝은 아침을 기뻐하는 뜻이 있으며, 일본어 이름인 '아사가오(あさがお, 朝顔)' 역시 아침의 얼굴이라는 뜻이다. 만년필과 잉크를 좋아하는 사람들 중에는 '아사가오(Asa-gao)'라는 말을 색상으로 인식하는 사람도 있을 것이다. 일본의 만년필 제조사인 파일럿의 고급 잉크 '색채 물방울'(色彩雫, 이로시즈쿠) 시리즈 가운데 여름과 어울리는 시원한 푸른색에 '아사가오'라는 이름이 붙었기 때문이다.

나팔꽃에는 색깔마다 다른 꽃말이 있지만 특히 파란색 나팔꽃에는 아침에 피었다가 저녁에 지고 마는 꽃의 이미지 때문에 짧은 사랑, 덧없는 사랑이라는 꽃말이 있다. 이 때문에 1년에 하루밖에 만나지 못하는 견우와 직녀의 안타까운 사랑을 나팔꽃에 빗대어 이야기하기도 한다.

서양에도 나팔꽃과 관련된 이야기가 있다. 크로커스라는, 신의 피를 이어받은 아름다운 소년이 리즈라는 여인을 사랑한다. 하지만 리즈에게는 약혼자가 있었고, 그녀의 어머니가 크로커스를 리즈로부터 떼어 놓으려 한다. 그래서 크로커스가 여신 아프로디테에게 도움을 청한다. 여신은 크로커스를 돕기 위해 신의 심부름꾼으로 흰 비둘기 한 마리를 리즈 어머니에게 날려 보낸다. 리즈의 어머니는 그 비둘기를 화살로 쏘아 죽이려 했는데, 이 때문에 벌을 받아 리즈가 목숨을 잃게 된다. 이에 화가 난 리즈의 약혼자가 크로커스를 죽여 버린다. 이를 가엽게 여긴 아프로디테는 소년을 크로커스라는 꽃으로, 리즈를 나팔꽃으로 피어나게 한다. 그런데 크로커스는 봄에 피고 나팔꽃은 여름에 피기 때문에 두 사람은 영원히 만나지 못하게 된다. 이렇듯 나팔꽃은 동서양인 모두에게 비슷한 느낌을 주는 꽃이었나 보다.

나팔꽃이 환기시키는 일본 문화

나팔꽃을 보면 일본인을 떠올리게 된다. 나팔꽃은 아침에 핀다. 그래서 꽃잎에 맺힌 이슬과 함께 꽃이 금방 시들어 버린다. 일본인들은 이런 나팔꽃을 좋아한다. 아마도 잦은 전란이나 자연재해 등으로 언제 죽을지 모르는 그들의 운명을 나팔꽃이 필 때 맺히는 아침 이슬이나 곧 시들고 마는 꽃잎 같다고 느낀 건 아닐까? 순간순간 화려하게 피어나는 것을 좋아하는 그들의 문화에도 이와 유사한 감정이 깃들어 있는 것 같다.

나팔꽃은 일본의 오래된 시가집에서도 덧없는 사랑의 상징으로 많이 나타나며, 3행 17음절(5·7·5)로 구성된 일본의 짧은 시 형식인 하이쿠에도 많이 등장한다.

朝顔に

釣瓶取られて

貰ひ水

— 치요조(千代女), 「제목 없음」
(류시화, 『백만 광년의 고독 속에서 한 줄의 시를 읽다』, 연금술사, 2014, 228쪽)

풀이

나팔꽃 덩굴에

두레박줄 빼앗겨

얻어 마신 물

일본에서는 9세기 헤이안 시대에 나팔꽃이 들어온 이후 품종 개량을 거듭했고, 정기적으로 품평회나 감상회가 열렸다고 한다. 나팔꽃의 생태를 잘 아는 일본인들은 치요조의 위 시에 깊은 공감을 표했을 것이다.

나팔꽃은 아침의 꽃[朝顔]이고, 나팔꽃 덩굴은 밤새 왕성하게 자란다. 화자가 새벽에 일어나 물을 길러 나가니 우물가에 자라는 나팔꽃 덩굴이 밤새 두레박줄을 감고 있어서 차마 걷어 내지 못한 채 옆

집에서 물을 얻어 마셨다는 내용이다. 이런 표현에서 생명에 대한 시인의 배려를 느낄 수 있다. 새벽의 청아한 기운이 시각적 인상과 어우러져 맑고 신선한 느낌을 준다.

치요조는 18세기 에도 시대의 유명한 시인으로, 1763년 일본을 방문한 조선 통신사에게 가가번(지금의 이시카와현) 번주의 명으로, 하이쿠를 쓴 족자와 부채를 선물한다. 양반과 남성 위주의 문화가 주류를 이룬 조선의 사절단에게 일본의 대중문화인 하이쿠를 여성 작가의 작품으로 선물했다는 점이 흥미롭다.

한계에 좌절하지 않는 또렷한 생명력

어릴 때 나팔꽃은 가장 흔하게 볼 수 있는 꽃 중 하나였다. 꽃밭과 울타리, 꽃밭과 장독대 담장 사이를 이어 놓은 줄을 타고 오르며 아침마다 함초롬하게 꽃을 피웠다. 꽃이 기품이 있고 특별히 관리하지 않아도 잘 자랐다. 하지만 요즘 주택가에서는 나팔꽃을 보기가 힘들어졌다. 화단이 있는 집도, 꽃을 심을 만한 땅도, 삶의 여유도 없는 세상이 되어 가는 것 같다.

사람들은 대개 사물이 끝나는 지점을 '끝'이라 인식한다. 바지랑대가 서 있다면 그 끝 너머엔 아무것도 없고, 그래서 그 끝은 곧 한계다. 더 나아갈 수 없는 정점이다.

그런데 송수권 시인의 「나팔꽃」(『꿈꾸는 섬』, 문학과지성사, 1983)에서처럼 나팔꽃은 그런 상식을 뛰어넘는다. "허공에 두 뼘은 더 자라서" "허공을 감아쥐고"는 그곳에서 꽃까지 피운다. 화자는 나팔꽃의 왕성한 생명력에 감탄한다. "가냘픈 줄기에 두세 개의 鍾(종)까지 매어달고는 / 아침 하늘에다 은은한 종소리를 퍼내고 있"다. 바지랑대를 넘어선 나팔꽃의 성장을 선명한 시각적 이미지로 표현했고, 꽃의 이미지는 청각적 이미지로 형상화했다. 그러면서 "이젠 더 꼬일 것이 없다 없다고 생각되었을 때 / 우리의 아픔도 더 한 번 길게 꼬여서 푸른 종소리는 나는 법일까"라고 묻는다. "푸른 종소리"는 아픔을 극복한 희망의 소리일 것이다.

살아가면서 우리는 숱한 상처와 아픔을 겪게 된다. 하지만 맞닥뜨린 한계 상황에 좌절하지 않고 이를 뛰어넘을 때, 우리는 진정 가치 있는 내적 성장을 이룰 수 있다.

맑고 깨끗한 세상으로의 초대, 연꽃

◦ 분류: 수련과의 여러해살이 수초
◦ 꽃말: 신성, 청결, 소외된 사랑 등

#여름날의_풍경 #연꽃 #일본_교토 #고류지
#종교적_상징성 #진흙_속에_핀_아름다움

연꽃은 여름을 떠올리게 하는 꽃이다. 초여름 뜨거운 태양과 짙푸른 연의 잎사귀, 선명한 색상의 꽃이 어우러져 여름날의 쨍한 풍경을 선사한다. 선선한 사찰의 그늘 같은 곳에서 연꽃을 바라보기도 하는데, 요즘 전국 곳곳에 관광 상품화되고 있는 연밭은 넓은 습지나 저수지에 조성돼서 그늘이 없는 곳이 많다. 부여 궁남지, 경주 월지, 함양 상림, 밀양 연극촌, 담양 명옥헌 원림, 부산 삼락생태공원 등에 조성된 연밭 등이 떠오른다.

연의 씨앗(연자)은 복용하면 건강 재생 능력이 뛰어나다고 한다. 그런 이유로 불교의 윤회 사상과 연결된 것인지 사찰 곳곳에서 작은 규모의 연밭이나 물이 담긴 화분 등에서 핀 연꽃들을 볼 수 있다.

일본의 국보 1호인 목조미륵보살반가사유상이 있는 교토 고류지[廣隆寺] 연밭도 인상적이었다. 고류지는 7세기 초에 신라계 도래인인 진하승이 창건한, 교토에서 가장 오래된 사찰이다. 내가 고류지를 방문했을 때는 한여름 날씨에 평일이라 그런지 인적이 드물었다. 고류지는 고요하고 적막했으며, 목조미륵보살반가사유상을 비롯한 일본의 시대별 국보급 불상들이 모셔진 신영보전은 어둡고 위압감을 주었다.

그곳을 나와서 마주한 작은 연밭과 군데군데 피어난 연꽃들은 고류지의 고요와 적막 속에 떠 있는, 마치 정토와 속세를 이어 주는 듯한 작은 섬 같았다. 교토 외곽에 있는 낭만적 풍경의 유명 관광지 아라시야마를 거쳐 귀여운 한 량짜리 노면 전차 란덴을 타고 정겨운 동네를 거쳐 고류지에 도착한 내게는 내세와 속세를 동시에 경험하는 느낌이었다.

이렇듯 동양 문화에서는 연꽃이 특별한 종교적 상징으로 쓰인다. 불교에서는 부처님이 앉는 자리를 비롯한 수많은 사찰의 부속물에 연꽃 문양이 들어간다. 더러운 곳에서도 깨끗한 꽃을 피우는 모습이 절개를 중시하는 선비들의 기질과 잘 어울린다고 여겨 유교에서도 연꽃을 소중히 여겼다. 성리학의 시조로 알려진 송나라 유학자 주돈이는 산문 「애련설(愛蓮說)」에서 "나는 유독 연(蓮)을 사랑한다. 연은 진흙에서 났으나 더러움에 물들지 않고, 맑은 물에 깨끗이 씻기어도 요염하지 않다. 줄기 속은 비어 있어도 겉모습은 반듯하게 서 있으며, 넝쿨도 잔가지도 치지 않는다. 그 향기는 멀수록 더욱 맑으며, 몸가짐도 정정하고 깨끗하다.(予獨愛蓮之 出於泥而不染 濯淸漣而不妖[여독애련지 출어니이불염 탁청련이불요] 中通外直 不蔓不枝 香遠益淸 亭亭淨植[중통외직 불만불지 향원익청 정정정식]: 「이형로의 고사성어로 보는 세상: 불염상정(不染常淨) 광풍제월(光風霽月)」, 『인사이드비나』, 2023년 8월 14일 자)"라고 말한다. '향원익청(香遠益淸)'이란 말이 여기서 나온다. 그런 영향으로 서울의 궁궐은 물론이고 선비가 깃든 지방 곳곳의 정자에는 연못을 조성하여 연꽃을 심어 맑고 깨끗한 심성을 기르고자 하였다.

달도 때로는
술 취해 뒹구는 인간 세상이

그리운 것이다.

아무도 몰래

더러운 방죽으로 스며든 달이

진흙 발을 딛고 검은 하늘을 내어다본다.

갓 피어난 흰 연꽃이 천지에 환하다.

— 이도윤, 「연꽃」(『산을 옮기다』, 시인, 2005)

한 폭의 수묵화 같은 시다. 한밤중 환한 달빛을 받은 연꽃과 달을 교체하여 우주적 상상력을 발휘하였다. 「월인천강지곡(月印千江之曲)」의 현대적 변용이라고 할까? '월인천강(月印千江)'은 하나의 달이 천 개의 강물(온 세상)에 비친다는 뜻이며, 이는 부처의 자비가 달빛처럼 모든 중생에게 비친다는 것이다. 사월 초파일의 거리나 사찰을 수놓은 연등들처럼 자체 발광하는 하얀 연꽃들이 온갖 사연과 욕망에 얽힌 인간 세상을 환하게 밝힌다. 그것만으로도 우리 세상은 맑아지는 느낌이다.

욕망과 권력의 꽃, 국화

◦ 분류: 국화과의 여러해살이풀
◦ 꽃말: 성실과 감사(흰색), 짝사랑(노란색), 나는 당신을 사랑합니다(빨간색)

#국화 #욕망의_반영 #대국 #황금빛 #권력 #국화와_칼 #미당_서정주 #친일_문학

늦은 가을이 되면 데레사여고 곳곳에서 국화가 피어난다. 위아래로 있는 두 운동장의 화단은 물론이고 곳곳에 놓인 화분에서도 국화가 핀다. 그런데 색깔이 오묘한 것이 많아 스테파노 주사님에게 물어보니 대구에 있는 모 여고에서 국화를 대량으로 분양받아 학교에 심었다고 한다. 그 뒤 국화를 싫어하는 교장 선생님에 의해 학교 조경을 바꾸면서 그때 심은 국화 대부분이 뽑히고 다른 식물로 대체되었다. 원래 학교에 교장 선생님이 바뀌면 온 학교의 나무와 꽃이 몸살을 한다고 하더니 딱 맞는 말이란 생각이 든다. 그래도 부자는 망해도 삼대는 간다고, 그때 남겨 둔 국화가 곳곳에 남아서 가을을 풍요롭게 한다.

국화는 인간의 욕망이 많이 반영되는 꽃이다. 오래전에 학교에 있는 국화 화분 30개 정도를 대국으로 만든 일이 있었다. 이 역시 화려한 대국을 보고자 했던 당시 교장 선생님의 희망이 반영된 일이었다. 한 송이 대국을 키우기 위해 얼마나 많은 꽃봉오리들이 잘려 나가는지 그때 처음 알았다. 자연스럽게 자라는 일반 국화는 꽃송이는 좀 작더라도 꽃이나 포기 전체의 모양이 안정적이고 건강한 느낌이 든다. 하지만 곁가지를 모두 잘라 낸 국화는 꽃대가 약해 인위적인 지지대를 대어야 한다. 그렇게 수많은 꽃송이와 꽃잎, 곁가지를 잘라 낸 결과물이 바로 화려한 한 송이 황금빛 대국이다.

권력, 국화에 새겨진 상징

화려한 금빛으로 뒤덮인 영화 「황후화」(2006)는 빼어난 영상미가 돋보이는 영화다. 황제로 나온 저우룬파(주윤발)의 용포와 금관, 황후로 나온 궁리(공리)의 의상, 중양절 궁궐 마당을 가득 채운 노란 국화, 황금 옷을 입은 둘째 왕자 저우제룬(주걸륜)의 반란군까지 「황후화」는 노란 금빛으로 화려함의 극치를 달린다.

영화의 배경은 중국에서 당나라 멸망 뒤 들어선 오대십국(당나라가 멸망한 뒤부터 송나라가 통일할 때까지 흥망한 왕조) 시대의 양나라지만, 작품의 모티프가 된 건 당나라 때 일어난 '황소(黃巢)의 난'이다. 이 작품의 중국어 원제 '만성진대황금갑(滿城盡帶黃金甲)'은 바로 황소가 지은 시구에서 따온 것이다.

> 待到秋來九月八(대도추래구월팔)
>
> 我花開後百花殺(아화개후백화살)
>
> 衝天香陣透長安(충천향진투장안)
>
> 滿城盡帶黃金甲(만성진대황금갑)
>
> — 황소, 「부제후부국(不第後賦菊)」
> (「영화 <황후화>, 왜 황소의 시구로 제목을 지었을까」, 오마이뉴스, 2007년 1월 28일 자)

풀이

기다려라 9월 8일 가을이 오기를

내 꽃이 피고 나면 온갖 꽃들 지고 말아

하늘을 찌르는 꽃향기 장안 성에 스미면

국화는 꽃들 대부분이 지고 난 뒤인 가을에 핀다. 그래서 시련의 시기를 견디고 세상을 독차지하는 상징이 되었다. "내 꽃이 피고 나면 온갖 꽃들 지고 말아"라는 구절에서 으스스한 반란의 기운이 느껴진다. 자신의 꽃인 국화 향기가 장안 성에 스며들면 온 세상이 자신의 것이 되고, 장안 성안의 모든 사람이 황금 갑옷을 입는다는 것이다. 국화와 황금 갑옷의 노란색은 황소의 성씨 황(黃)에서 온 것이다. 그는 수많은 봉기군을 이끌고 질풍노도같이 장안으로 들이닥쳐 당나라를 실질적으로 멸망시킨다. 하지만 그렇게 기세등등하던 황소의 난은 곧 평정되고, 황소는 3년 뒤 관군에게 쫓기다 타이산[泰山] 부근에서 자살로 생을 마감한다.

황색은 권력의 중심이다. 「황후화」에서 권력에 대한 욕구는 가족애도 인륜도 넘어서는, 인간의 가장 원초적 욕망으로 그려진다. 그 추악함을 가리는 동시에 드러내는 것이 화려한 황금색 옷과 장식이다.

반면 국화는 지조 있는 선비의 고고하고 맑은

이미지를 지닌 꽃이기도 하다. 중국의 옛 시인 도연명은 「음주(飮酒)」라는 시에서 "採菊東籬下(채국동리하) / 悠然見南山(유연견남산)"(『도연명 시선』, 송용준 옮김, 지식을만드는지식, 2010)이라고 노래한다. 동쪽 울밑에서 국화를 꺾어 들고 멀리 남산을 바라본다는 것으로, 번잡한 세상사를 피해 숨어 사는 은자의 초연한 심경을 비유적으로 표현하였다.

불온한 상상이지만 선비들의 국화에 대한 인식이 「황후화」의 황금색과 겹쳐 보이기도 한다. 재야에 머무는 선비는 화려한 중앙 무대로의 진출을 꿈꾼다. 군주를 향한 고고한 절개를 지키면서 황색으로 상징되는 권력의 중심에 다가가고자 하는 욕망은 인간이 지닌 가장 원초적 본능 중 하나가 아닐까? 개인의 입신양명이 온 가문의 영예가 되는 동양 문화에서는 말이다.

동양의 다른 나라인 일본도 국화에 대한 애정이 대단하다. 백제로부터 국화를 받아들인 뒤 그들의 독특한 장인 정신을 바탕으로 수백 종의 변종을 만들어 냈다. 국화는 일본 왕실의 문장이며, 일본 여권의 표지에도 국화 문양이 그려져 있다. 미국의 문화 인류학자 루스 베네딕트는 일본의 문화를 '국화와 칼'에 비유하였다. 그이는 일본을 모순의 연속이라고 말한다. 호전적이면서 얌전하고, 군국주의적이면서 탐미적이며, 불손하면서도 예의 바르고, 오만하면서도 얌전하며, 보수적이면서도 새로운 것을 즐겨 받아들인다는 것이다.

도쿄국립박물관에 방문해서 보니 근대 이전 유물의 절반은 갑옷과 시퍼런 일본도였다. 그러면서도 상대적으로 다양한 근대 이후의 전시물들과 에도 시대 풍속화 우키요에[浮世繪] 등은 일본 문화의 만만치 않은 저력을 보여 주었다. 한마디로 칼과 문화가 공존하는 전시였다.

권력자가 낳은 국화 옆에서

국화를 이야기하면서 미당 서정주의 「국화 옆에서」를 떠올리지 않을 수 없다. 서정주는 우리나라의 20세기 최고 시인 중 하나인 동시에 친일 반민족 행위자다. 내가 좋아했던 그의 시 「동천(冬天)」을 보면 소중하고 순수한 가치를 귀하게 여기는 화자의 마음을 느낄 수 있다. 하지만 일제 강점기에 쓴 친일 시들과 해방 이후 권력자들에게 보인 그의 태도를 알고 나서 나는 크게 실망하였다. 그것은 시간이 날 때마다 『미당 서정주 시 전집』(민음사, 1983)을 읽으며 우리말의 미학을 알아 가던 젊은 시절의 나에 대한 배신이었다.

여러 인연으로 전북 고창에 있는 미당시문학관을 몇 차례 다녀왔다. 기름진 황토와 햇볕 따스한 폐교에 세워진 건물은 아담했다. 계절에 맞는 품목으로 인근 평상에 전을 펼친 동네 할머니들과의 대화는 정겨웠다. 초창기에는 미당의 친일 시들이 투박한 액자에 담겨 전시실 방 한 칸을 거의 채울 정도로 전시되어 있었다. 그런데 문학관 리모델링 뒤에 친일 시들이 자취를 감추었다.

죽어서는 최고의 훈장을 받았고, 살아서는 문단의 최고 권력자로 온갖 혜택을 누린 천재 시인. 하지만 그 이면에, 태평양 전쟁을 성전(聖戰)으로 미화하면서 수많은 우리 젊은이들을 전쟁터와 징용으로 내몰고, 일제의 식민 정책에 동조해야 한다는 글을 썼던 미당은, 굴절된 우리 민족의 역사가 낳은 자발적 불행아일 것이다.

참고 자료

1. 도서

고규홍, 『나무가 말하였네』, 마음산책, 2008.

______, 『나무가 말하였네 2』, 마음산책, 2012.

______, 『천리포수목원의 사계: 봄·여름 편』, 휴머니스트, 2014.

고진하 글·고은비 그림, 『야생초 마음』, 디플롯, 2021.

권혁재·조영학, 『살아 있는 동안 꼭 봐야 할 우리 꽃 100』, 동아시아, 2021.

기태완, 『꽃, 마주치다』, 푸른지식, 2013.

______, 『꽃, 피어나다』, 푸른지식, 2015.

김민철, 『문학 속에 핀 꽃들』, 샘터, 2013.

김종원, 『한국 식물 생태 보감 1』, 자연과생태, 2013.

김태원, 『꽃 따라 벗 따라 들꽃 산책』, 자연과생태, 2013.

박상진, 『궁궐의 우리 나무』, 눌와, 2001.

______, 『우리 나무의 세계 1, 2』, 김영사, 2011.

신혜우, 『식물학자의 노트』, 김영사, 2021.

양득봉, 『우리 땅 우리 꽃』, 역사넷, 2013.

유홍준, 『추사 김정희』, 창비, 2018.

이소영, 『식물 산책』, 글항아리, 2018.

______, 『식물과 나』, 글항아리, 2021.
이유미, 『내 마음의 들꽃 산책』, 진선북스, 2021.
이호신, 『숲을 그리는 마음』, 학고재, 1998.
조민제 외, 『한국 식물 이름의 유래』, 심플라이프, 2021.
조영학, 『천마산에 꽃이 있다』, 글항아리, 2019.
조용진, 『동양화 읽는 법』, 집문당, 1989.
한복용, 『꽃을 품다』, 인간과문학사, 2019.
핫토리 아사미, 『향기로운 꽃 안내서』, 류순미 옮김, 열매하나, 2020.
허복구·박석근, 『재미있는 우리 꽃 이름의 유래를 찾아서』, 중앙생활사, 2002.
황호림, 『숲을 듣다』, 책나무, 2019.

2. 인터넷 자료

네이버 지식백과 https://terms.naver.com
생태보전시민모임 https://blog.naver.com/k_ecoclub
숲환경교육센터 https://cafe.daum.net/feec

들꽃 수업

초판 1쇄 발행 • 2024년 3월 27일

지은이 • 심재신
펴낸이 • 김종곤
편집 • 최도연 최윤영
펴낸곳 • (주)창비교육
등록 • 2014년 6월 20일 제2014-000183호
주소 • 04004 서울특별시 마포구 월드컵로12길 7
전화 • 1833-7247
팩스 • 영업 070-4838-4938 / 편집 02-6949-0953
홈페이지 • www.changbiedu.com
전자우편 • contents@changbi.com

ISBN 979-11-6570-246-5 03810